P9-DOC-095

Contents

Introduction

"The Metamorphosis," the English translation of Kafka's title *Die Verwandlung,* carries associations of mythology. But Kafka's story hits harder at our modern sensibility than the myths of remote civilizations. For here a man like us, a traveling salesman with his alarm clock set for 4 a. m., is transformed, not into an impressive beast or swan, but into some unnamed species of vermin. Kafka reserves no final salvation for his hero: No God appears as to Job, no beauty rescues the beast, and no awakening as from a dream saves Gregor. Nor are we given any retrospect of guilt as the cause of his misfortune.

The reader, forced to experience Gregor's terrible plight from his point of view, finds relief in its comic detail. The hero's struggle with his new physique, centipede legs wriggling in air, and the all-too-noble motives of his human psyche in a bug's body seem ironically ridiculous. The minor characters also have their ludicrous moments, the chief clerk gasping "oh!" at the sight of Gregor, the boarders behaving as a squad of three, and the cleaning woman, hard-boiled beneath her trembling ostrich feather.

For Kafka, however, the experiences basic to *Die Verwandlung* were surely not comic. His dominating father, a self-made man, expected his only son Franz with law degree and official position to achieve the social standing beyond his own reach. Outward position, however, requiring days at the office, conflicted with Kafka's inner vocation, demanding nights at his writer's work, and thus put a strain upon his delicate constitution. In 1917, five years after the writing of *Die Verwandlung* in 1912, his fatal illness, tuberculosis of the larynx, was diagnosed. Does the metaphor of the revolting transformation in the story signify, as if by presentiment, the death by virtual starvation which Kafka was to suffer from his disease in 1924? Surely the story does reflect his feeling of utter separation, as well as much of his relationship to his father, in which Kafka himself recognized the Freudian pattern.

FRANZ KAFKA

Die Verwandlung

Edited by
MARJORIE L. HOOVER
OBERLIN COLLEGE

General Editor: Jack M. Stein, *Harvard University*

 W · W · NORTON & COMPANY
New York · London

The authorized edition of DIE VERWANDLUNG by Franz Kafka was
published by Schocken Books Inc. in Volume I of the Gesammelte Werke
"Erzählungen und Kleine Prosa", Berlin, 1935; New York, 1946. It
appears here with the publisher's permission.

Library of Congress Catalog Card No. 60-6048

ISBN 0-393-09533-9

W. W. Norton & Company, Inc., 500 Fifth Avenue, New York, N.Y. 10110

PRINTED IN THE UNITED STATES OF AMERICA

4 5 6 7 8 9 0

Not only biographical facts but also social, economic, and historical trends of our time have been read into Kafka's story, such as the outbreak of barbarism — our modern wars and revolutions — in a turn-of-the-century world of apparent civilization and progress. Trends current in Expressionism, the literature of the time, appear too in *Die Verwandlung,* especially the theme of conflict between father and son. And the hero as "outsider," so frequent with Thomas Mann, Hugo von Hofmannsthal and Rainer Maria Rilke, has traits in common with Gregor, both the positive trait of liberation from hated routine and the negative one of divorcement from ordinary life. Does enforced release achieve the positive result of heightened awareness in Gregor? It seems so for the brief moment of the sister's violin-playing as Gregor exclaims: "Was he a beast when music seized him so? He felt as if the way were being shown him to the unknown nourishment he longed for." Yet in his repulsive shape Gregor suffers also the negative consequence of not belonging. As Rilke says of his hero, Malte Laurids Brigge, only God could love one so difficult to love, but "He was not yet willing." Certainly Gregor's family fails the test of loving him and responds instead to new demands of living.

However hopefully the story ends from the family's point of view, from the hero's it ends tragically with his death. The event alone without author's comment can lead to a pessimistic interpretation. Since its moral is nowhere abstractly stated, Kafka's *Verwandlung* like a parable from the Bible will support endless exegesis. Indeed, in this "first masterpiece of Kafka and one of the few which he completed," as Heinz Politzer has pointed out, Kafka has re-created the material of life in artistic concreteness. Everywhere Kafka's style is concrete and his manner factual in total contrast with the story's metaphysical suggestion. Not that his manner is wholly impersonal or merely legalistic or monotonously factual. Rather the name Samsa, deliberately designed to resemble Kafka, and the third-person narration but thinly conceal a vivid first-person point of view, maintained until Gregor's death. Each of the three chapters into which the story is symmetrically divided rises from its minutely detailed account of conditions to a unique melodramatic scene. The characters frequently surprise us by their sudden self-contradiction or amuse us by their self-caricature. Thus with all its depth of meaning and profound simplicity of style *Die Verwandlung* is an ultimately serious and universally human parable of man's fate.

Chronology of Franz Kafka's life, 1883 — 1924

[after Zeittafel, Franz Kafka, *(Briefe 1902—1924*, ed. Max Brod, Schocken, N. Y., 1958, pp. 522-24)]

1883 July 3, born in Prague

1906 June, Doctor of Law degree from University of Prague

1908 Appointed to position with government-sponsored Workman's Compensation Insurance Company

1912 Began novel *America*
Wrote stories *The Judgment, Die Verwandlung*

1913 Published *The Stoker*

1914 Wrote story *In the Penal Colony*
Began novel *The Trial*

1915 Received Fontane (literary) Prize

1916 Publication of *The Judgment, Die Verwandlung*

1917 September 4, diagnosis of tuberculosis
Sick leave from the insurance company

1919 Publication of the collection of stories *A Country Doctor*
Wrote "Letter to My Father"

1922 Worked on novel *The Castle*

1923 With Dora Dymant in Berlin
Volume of stories *A Hunger Artist* ready for publication

1924 June 3, died in sanatorium near Vienna

I

Als Gregor Samsa eines Morgens aus unruhigen Träumen erwachte, fand er sich in seinem Bett zu einem ungeheuren Ungeziefer verwandelt. Er lag auf seinem panzerartig harten Rücken und sah, wenn er den Kopf ein wenig hob, seinen gewölbten, braunen, von bogenförmigen Versteifungen geteil- 5 ten Bauch, auf dessen Höhe sich die Bettdecke, zum gänzlichen Niedergleiten bereit, kaum noch erhalten konnte. Seine vielen, im Vergleich zu seinem sonstigen Umfang kläglich dünnen Beine flimmerten ihm hilflos vor den Augen.

»Was ist mit mir geschehen?« dachte er. Es war kein Traum. 10 Sein Zimmer, ein richtiges, nur etwas zu kleines Menschenzimmer, lag ruhig zwischen den vier wohlbekannten Wänden. Über dem Tisch, auf dem eine auseinandergepackte Musterkollektion von Tuchwaren ausgebreitet war — Samsa war Reisender — hing das Bild, das er vor kurzem aus einer illustrierten Zeitschrift 15 ausgeschnitten und in einem hübschen, vergoldeten Rahmen untergebracht hatte. Es stellte eine Dame dar, die, mit einem Pelzhut und einer Pelzboa versehen, aufrecht dasaß und einen schweren Pelzmuff, in dem ihr ganzer Unterarm verschwunden war, dem Beschauer entgegenhob. 20

Gregors Blick richtete sich dann zum Fenster, und das trübe Wetter — man hörte Regentropfen auf das Fensterblech aufschlagen — machte ihn ganz melancholisch. »Wie wäre es, wenn

ich noch ein wenig weiterschliefe und alle Narrheiten vergäße‹, dachte er, aber das war gänzlich undurchführbar, denn er war gewöhnt, auf der rechten Seite zu schlafen, konnte sich aber in seinem gegenwärtigen Zustand nicht in diese Lage bringen. Mit
5 welcher Kraft er sich auch[1] auf die rechte Seite warf, immer wieder schaukelte er in die Rückenlage zurück. Er versuchte es wohl hundertmal, schloß die Augen, um die zappelnden Beine nicht sehen zu müssen, und ließ erst ab, als er in der Seite einen noch nie gefühlten, leichten, dumpfen Schmerz zu fühlen begann.

10   ›Ach Gott‹, dachte er, ›was für einen[2] anstrengenden Beruf habe ich gewählt! Tagaus, tagein auf der Reise[3]. Die geschäftlichen Aufregungen sind viel größer als im eigentlichen Geschäft zu Hause, und außerdem ist mir noch diese Plage des Reisens auferlegt, die Sorgen um die Zuganschlüsse, das unregelmäßige,
15 schlechte Essen, ein immer wechselnder, nie andauernder, nie herzlich werdender menschlicher Verkehr. Der Teufel soll das alles holen[4]!‹ Er fühlte ein leichtes Jucken oben auf dem Bauch; schob sich auf dem Rücken langsam näher zum Bettpfosten, um den Kopf besser heben zu können; fand die juckende Stelle, die
20 mit lauter kleinen weißen Pünktchen besetzt war, die er nicht zu beurteilen verstand; und wollte mit einem Bein die Stelle betasten, zog es aber gleich zurück, denn bei der Berührung umwehten ihn Kälteschauer.

Er glitt wieder in seine frühere Lage zurück. ›Dies frühzeitige
25 Aufstehen‹, dachte er, ›macht einen ganz blödsinnig. Der Mensch muß seinen Schlaf haben. Andere Reisende leben wie Haremsfrauen. Wenn ich zum Beispiel im Laufe des Vormittags ins Gasthaus zurückgehe, um die erlangten Aufträge zu überschreiben, sitzen diese Herren erst beim Frühstück. Das sollte ich
30 bei meinem Chef versuchen; ich würde auf der Stelle hinausfliegen.‹

›Wer weiß übrigens, ob das nicht sehr gut für mich wäre. Wenn

1. *Mit welcher Kraft er sich auch* — with whatever strength, i. e., however hard
2. *was für einen* — what a
3. *Tagaus, . . . Reise* — day in, day out on the road
4. *Der Teufel . . . holen!* — Devil take it all!

ich mich nicht wegen meiner Eltern zurückhielte, ich hätte längst gekündigt, ich wäre vor den Chef hingetreten und hätte ihm meine Meinung von Grund des Herzens aus[5] gesagt. Vom Pult hätte er fallen müssen! Es ist auch eine sonderbare Art, sich auf das Pult zu setzen und von der Höhe herab[6] mit dem Angestell- 5 ten zu reden, der überdies wegen der Schwerhörigkeit des Chefs ganz nahe herantreten muß. Nun, die Hoffnung ist noch nicht gänzlich aufgegeben; habe ich einmal das Geld beisammen[7], um die Schuld der Eltern an ihn abzuzahlen — es dürfte noch fünf bis sechs Jahre dauern —, mache ich die Sache unbedingt. Dann 10 wird der große Schnitt gemacht. Vorläufig allerdings muß ich aufstehen, denn mein Zug fährt um fünf.‹

Und er sah zur Weckuhr hinüber, die auf dem Kasten tickte. ›Himmlischer Vater!‹ dachte er. Es war halb sieben Uhr, und die Zeiger gingen ruhig vorwärts, es war sogar halb vorüber, es 15 näherte sich schon drei Viertel. Sollte der Wecker nicht geläutet haben? Man sah vom Bett aus, daß er auf vier Uhr richtig einge- stellt war; gewiß hatte er auch geläutet. Ja, aber war es möglich, dieses möbelerschütternde Läuten ruhig zu verschlafen? Nun, ruhig hatte er ja nicht geschlafen, aber wahrscheinlich desto 20 fester. Was aber sollte er jetzt tun? Der nächste Zug ging um sieben Uhr; um den einzuholen, hätte er sich unsinnig beeilen müssen, und die Kollektion war noch nicht eingepackt, und er selbst fühlte sich durchaus nicht besonders frisch und beweglich.

Und selbst wenn er den Zug einholte, ein Donnerwetter des 25 Chefs war nicht zu vermeiden[8], denn der Geschäftsdiener hatte beim Fünfuhrzug gewartet und die Meldung von seiner Ver- säumnis längst erstattet. Er war eine Kreatur des Chefs, ohne Rückgrat und Verstand. Wie nun, wenn er sich krank meldete? Das wäre aber äußerst peinlich und verdächtig, denn Gregor war 30 während seines fünfjährigen Dienstes noch nicht einmal krank gewesen. Gewiß würde der Chef mit dem Krankenkassenarzt

---

kommen, würde den Eltern wegen des faulen Sohnes Vorwürfe machen und alle Einwände durch den Hinweis auf den Kranken-kassenarzt abschneiden, für den es ja überhaupt nur ganz ge-sunde, aber arbeitsscheue Menschen gibt. Und hätte er übrigens
5 in diesem Falle so ganz unrecht? Gregor fühlte sich tatsächlich, abgesehen von einer nach dem langen Schlaf wirklich überflüs-sigen Schläfrigkeit, ganz wohl und hatte sogar einen besonders kräftigen Hunger. Als er dies alles in größter Eile überlegte, ohne sich entschließen zu können, das Bett zu verlassen[9] —
10 gerade schlug der Wecker drei Viertel sieben[10] —, klopfte es vorsichtig an die Tür am Kopfende seines Bettes. »Gregor«, rief es — es war die Mutter —, »es ist drei Viertel sieben. Wolltest du nicht wegfahren?« Die sanfte Stimme! Gregor erschrak, als er seine antwortende Stimme hörte, die wohl unverkennbar seine
15 frühere war, in die sich aber, wie von unten her, ein nicht zu unterdrückendes[11], schmerzliches Piepsen mischte, das die Worte förmlich nur im ersten Augenblick in ihrer Deutlichkeit beließ, um sie im Nachklang derart zu zerstören, daß man nicht wußte, ob man recht gehört hatte. Gregor hatte ausführlich antworten
20 und alles erklären wollen, beschränkte sich aber bei diesen Um-ständen darauf, zu sagen: »Ja, ja, danke Mutter, ich stehe schon auf.« Infolge der Holztür war die Veränderung in Gregors Stimme draußen wohl nicht zu merken, denn die Mutter beru-higte sich mit dieser Erklärung und schlürfte davon. Aber durch
25 das kleine Gespräch waren die anderen Familienmitglieder dar-auf aufmerksam geworden, daß Gregor wider Erwarten noch zu Hause war, und schon klopfte an der einen Seitentür der Vater, schwach, aber mit der Faust. »Gregor, Gregor«, rief er, »was ist denn?« Und nach einer kleinen Weile mahnte er nochmals mit
30 tieferer Stimme: »Gregor! Gregor!« An der anderen Seitentür aber klagte leise die Schwester: »Gregor? Ist dir nicht wohl?[12] Brauchst du etwas?« Nach beiden Seiten hin antwortete Gregor:

9. *ohne sich . . . verlassen* — without being able to make up his mind to leave his bed
10. *drei Viertel sieben* — quarter of seven
11. *nicht zu unterdrückendes* — irrepressible
12. *Ist . . . wohl?* — don't you feel well?

»Bin schon fertig«, und bemühte sich, durch die sorgfältigste Aussprache und durch Einschaltung von langen Pausen zwischen den einzelnen Worten seiner Stimme alles Auffallende zu nehmen[13]. Der Vater kehrte auch zu seinem Frühstück zurück, die Schwester aber flüsterte: »Gregor, mach auf, ich beschwöre dich.« Gregor aber dachte gar nicht daran, aufzumachen, sondern lobte die vom Reisen her übernommene Vorsicht, auch zu Hause alle Türen während der Nacht zu versperren.

Zunächst wollte er ruhig und ungestört aufstehen, sich anziehen und vor allem frühstücken und dann erst das Weitere[14] überlegen, denn, das merkte er wohl, im Bett würde er mit dem Nachdenken zu keinem vernünftigen Ende kommen. Er erinnerte sich, schon öfters im Bett irgend einen vielleicht durch ungeschicktes Liegen erzeugten leichten Schmerz empfunden zu haben, der sich dann beim Aufstehen als reine Einbildung herausstellte, und er war gespannt, wie sich seine heutigen Vorstellungen allmählich auflösen würden. Daß die Veränderung der Stimme nichts anderes war als der Vorbote einer tüchtigen Verkühlung, einer Berufskrankheit der Reisenden, daran zweifelte er nicht im geringsten. Die Decke abzuwerfen war ganz einfach; er brauchte sich nur ein wenig aufzublasen, und sie fiel von selbst. Aber weiterhin wurde es schwierig, besonders weil er so ungemein breit war. Er hätte Arme und Hände gebraucht, um sich aufzurichten; statt dessen aber hatte er nur die vielen Beinchen, die ununterbrochen in der verschiedensten Bewegung waren und die er überdies nicht beherrschen konnte. Wollte er eines einmal einknicken, so war es das erste, daß es sich streckte; und gelang es ihm endlich, mit diesem Bein das auszuführen, was er wollte, so arbeiteten inzwischen alle anderen, wie freigelassen, in höchster schmerzlicher Aufregung. ›Nur sich nicht im Bett unnütz aufhalten‹, sagte sich Gregor.

Zuerst wollte er mit dem unteren Teil seines Körpers aus dem Bett hinauskommen, aber dieser untere Teil, den er übrigens

13. *seiner Stimme . . . nehmen* — to eliminate anything unusual from his voice
14. *das Weitere* — the further (thing), i. e., what to do further

noch nicht gesehen hatte und von dem er sich auch keine rechte
Vorstellung machen konnte, erwies sich als zu schwer beweglich;
es ging so langsam; und als er schließlich, fast wild geworden,
mit gesammelter Kraft, ohne Rücksicht sich vorwärts stieß, hatte
5 er die Richtung falsch gewählt, schlug an den unteren Bettpfosten heftig an, und der brennende Schmerz, den er empfand,
belehrte ihn, daß gerade der untere Teil seines Körpers augenblicklich vielleicht der empfindlichste war.

Er versuchte es daher, zuerst den Oberkörper aus dem Bett zu
10 bekommen, und drehte vorsichtig den Kopf dem Bettrand zu.
Dies gelang auch leicht, und trotz ihrer Breite und Schwere
folgte schließlich die Körpermasse langsam der Wendung des
Kopfes. Aber als er den Kopf endlich außerhalb des Bettes in der
freien Luft hielt, bekam er Angst, weiter auf diese Weise vorzu-
15 rücken, denn wenn er sich schließlich so fallen ließ, mußte geradezu ein Wunder geschehen, wenn der Kopf nicht verletzt werden sollte. Und die Besinnung durfte er gerade jetzt um keinen
Preis[15] verlieren; lieber wollte er im Bett bleiben.

Aber als er wieder nach gleicher Mühe aufseufzend so dalag
20 wie früher und wieder seine Beinchen womöglich noch ärger
gegeneinander kämpfen sah und keine Möglichkeit fand, in diese
Willkür Ruhe und Ordnung zu bringen, sagte er sich wieder, daß
er unmöglich im Bett bleiben könne und daß es das vernünftigste
sei, alles zu opfern, wenn auch nur die kleinste Hoffnung be-
25 stünde, sich dadurch vom Bett zu befreien. Gleichzeitig aber vergaß er nicht, sich zwischendurch daran zu erinnern, daß viel besser als verzweifelte Entschlüsse ruhige und ruhigste Überlegung
sei. In solchen Augenblicken richtete er die Augen möglichst
scharf auf das Fenster, aber leider war aus dem Anblick des
30 Morgennebels, der sogar die andere Seite der engen Straße ver-
hüllte, wenig Zuversicht und Munterkeit zu holen. Schon sieben
Uhr, sagte er sich beim neuerlichen Schlagen des Weckers, schon
sieben Uhr und noch immer ein solcher Nebel. Und ein Weilchen lang lag er ruhig mit schwachem Atem, als erwarte er viel-

---

15. *um keinen Preis* — by no means

leicht von der völligen Stille die Wiederkehr der wirklichen und
selbstverständlichen Verhältnisse. *— relation*

Dann aber sagte er sich: ›Ehe es ein Viertel acht[16] schlägt, muß
ich unbedingt das Bett vollständig verlassen haben. Im übrigen
wird auch bis dahin jemand aus dem Geschäft kommen, um nach 5
mir zu fragen, denn das Geschäft wird vor sieben Uhr geöffnet.‹
Und er machte sich nun daran, den Körper in seiner ganzen
Länge vollständig gleichmäßig aus dem Bett hinauszuschaukeln.
Wenn er sich auf diese Weise aus dem Bett fallen ließ, blieb der
Kopf, den er beim Fall scharf heben wollte, voraussichtlich un- 10
verletzt. Der Rücken schien hart zu sein; dem würde wohl bei
dem Fall auf den Teppich nichts geschehen. Das größte Bedenken machte ihm die Rücksicht auf den lauten Krach, den es
geben müßte[17] und der wahrscheinlich hinter allen Türen wenn
nicht Schrecken, so doch Besorgnisse erregen würde. Das mußte 15
aber gewagt werden.

Als Gregor schon zur Hälfte aus dem Bette ragte — die neue
Methode war mehr ein Spiel als eine Anstrengung, er brauchte
immer nur ruckweise zu schaukeln —, fiel ihm ein, wie einfach
alles wäre, wenn man ihm zu Hilfe käme. Zwei starke Leute — 20
er dachte an seinen Vater und das Dienstmädchen — hätten vollständig genügt; sie hätten ihre Arme nur unter seinen gewölbten
Rücken schieben, ihn so aus dem Bett schälen, sich mit der Last
niederbeugen und dann bloß vorsichtig dulden müssen, daß er
den Überschwung auf dem Fußboden vollzog, wo dann die Bein- 25
chen hoffentlich einen Sinn bekommen würden. Nun, ganz abgesehen davon, daß die Türen versperrt waren, hätte er wirklich um
Hilfe rufen sollen? Trotz aller Not konnte er bei diesem Gedanken ein Lächeln nicht unterdrücken.

Schon war es so weit, daß er bei stärkerem Schaukeln kaum das 30
Gleichgewicht noch erhielt, und sehr bald mußte er sich nun endgültig entscheiden, denn es war in fünf Minuten ein Viertel acht.
als es an der Wohnungstür läutete. ›Das ist jemand aus dem Geschäft‹, sagte er sich und erstarrte fast, während seine Beinchen

---

16. *ein Viertel acht* — a quarter after seven
17. *den es geben müßte* — which would necessarily result

2*

nur desto eiliger tanzten. Einen Augenblick blieb alles still. ›Sie
öffnen nicht‹, sagte sich Gregor, befangen in irgend einer unsin-
nigen Hoffnung. Aber dann ging natürlich wie immer das
Dienstmädchen festen Schrittes zur Tür und öffnete. Gregor
5 brauchte nur das erste Grußwort des Besuchers zu hören und
wußte schon, wer es war — der Prokurist selbst. Warum war nur
Gregor dazu verurteilt, bei einer Firma zu dienen, wo man bei
der kleinsten Versäumnis gleich den größten Verdacht faßte?
Waren denn alle Angestellten samt und sonders[18] Lumpen, gab
10 es denn unter ihnen keinen treuen, ergebenen Menschen, der,
wenn er auch nur ein paar Morgenstunden für das Geschäft nicht
ausgenützt hatte, vor Gewissensbissen närrisch wurde und geradezu nicht imstande war, das Bett zu verlassen? Genügte es
wirklich nicht, einen Lehrjungen nachfragen zu lassen — wenn
15 überhaupt diese Fragerei nötig war —, mußte da der Prokurist
selbst kommen, und mußte dadurch der ganzen unschuldigen
Familie gezeigt werden, daß die Untersuchung dieser verdächti-
gen Angelegenheit nur dem Verstand des Prokuristen anvertraut
werden konnte? Und mehr infolge der Erregung, in welcher
20 Gregor durch diese Überlegungen versetzt wurde, als infolge eines
richtigen Entschlusses, schwang er sich mit aller Macht aus dem
Bett. Es gab einen lauten Schlag, aber ein eigentlicher Krach war
es nicht. Ein wenig wurde der Fall durch den Teppich abge-
schwächt, auch war der Rücken elastischer, als Gregor gedacht
25 hatte, daher kam der nicht gar so auffallende dumpfe Klang.
Nur den Kopf hatte er nicht vorsichtig genug gehalten und ihn
angeschlagen; er drehte ihn und rieb ihn an dem Teppich vor
Ärger und Schmerz.
    »Da drin ist etwas gefallen«, sagte der Prokurist im Neben-
30 zimmer links. Gregor suchte sich vorzustellen, ob nicht auch einmal dem Prokuristen etwas Ähnliches passieren könnte wie
heute ihm; die Möglichkeit dessen mußte man doch eigentlich
zugeben. Aber wie zur rohen Antwort auf diese Frage machte
jetzt der Prokurist im Nebenzimmer ein paar bestimmte Schritte
35 und ließ seine Lackstiefel knarren. Aus dem Nebenzimmer rechts

18. *samt und sonders* — one and all

flüsterte die Schwester, um Gregor zu verständigen: »Gregor, der Prokurist ist da.« — »Ich weiß«, sagte Gregor vor sich hin[19]; aber so laut, daß es die Schwester hätte hören können, wagte er die Stimme nicht zu erheben.

»Gregor«, sagte nun der Vater aus dem Nebenzimmer links, ₅ »der Herr Prokurist ist gekommen und erkundigt sich, warum du nicht mit dem Frühzug weggefahren bist. Wir wissen nicht, was wir ihm sagen sollen. Übrigens will er auch mit dir persönlich sprechen. Also bitte mach die Tür auf. Er wird die Unordnung im Zimmer zu entschuldigen schon die Güte haben.« — ₁₀ »Guten Morgen, Herr Samsa«, rief der Prokurist freundlich dazwischen. »Ihm ist nicht wohl«, sagte die Mutter zum Prokuristen, während der Vater noch an der Tür redete, »ihm ist nicht wohl, glauben Sie mir, Herr Prokurist. Wie würde denn Gregor sonst einen Zug versäumen! Der Junge hat ja nichts im Kopf als ₁₅ das Geschäft. Ich ärgere mich schon fast, daß er abends niemals ausgeht; jetzt war er doch acht Tage in der Stadt, aber jeden Abend war er zu Hause. Da sitzt er bei uns am Tisch und liest still die Zeitung oder studiert Fahrpläne. Es ist schon eine Zerstreuung für ihn, wenn er sich mit Laubsägearbeiten beschäftigt. ₂₀ Da hat er zum Beispiel im Laufe von zwei, drei Abenden einen kleinen Rahmen geschnitzt; Sie werden staunen, wie hübsch er ist; er hängt drin im Zimmer; Sie werden ihn gleich sehen, bis[20] Gregor aufmacht. Ich bin übrigens glücklich, daß Sie da sind, Herr Prokurist; wir allein hätten Gregor nicht dazu gebracht, die ₂₅ Tür zu öffnen; er ist so hartnäckig; und bestimmt ist ihm nicht wohl, trotzdem er es am Morgen geleugnet hat.« —»Ich komme gleich«, sagte Gregor langsam und bedächtig und rührte sich nicht, um kein Wort der Gespräche zu verlieren. »Anders, gnädige Frau, kann ich es mir auch nicht erklären«, sagte der Proku- ₃₀ rist, »hoffentlich ist es nichts Ernstes. Wenn ich auch anderseits sagen muß, daß wir Geschäftsleute — wie man will, leider oder glücklicherweise—ein leichtes Unwohlsein sehr oft aus geschäftlichen Rücksichten einfach überwinden müssen.« — »Also kann

19. *vor sich hin* — to himself
20. *bis* — when (Prague idiom)

der Herr Prokurist schon zu dir hinein?« fragte der ungeduldige
Vater und klopfte wiederum an die Tür. »Nein«, sagte Gregor.
Im Nebenzimmer links trat eine peinliche Stille ein, im Neben-
zimmer rechts begann die Schwester zu schluchzen.

5   Warum ging die Schwester nicht zu den anderen? Sie war
wohl erst jetzt aus dem Bett aufgestanden und hatte noch gar
nicht angefangen, sich anzuziehen. Und warum weinte sie denn?
Weil er nicht aufstand und den Prokuristen nicht hereinließ, weil
er in Gefahr war, den Posten zu verlieren, und weil dann der
10 Chef die Eltern mit den alten Forderungen wieder verfolgen
würde? Das waren doch vorläufig wohl unnötige Sorgen. Noch
war Gregor hier und dachte nicht im geringsten daran, seine
Familie zu verlassen. Augenblicklich lag er wohl da auf dem
Teppich, und niemand, der seinen Zustand gekannt hätte, hätte
15 im Ernst von ihm verlangt, daß er den Prokuristen hereinlasse.
Aber wegen dieser kleinen Unhöflichkeit, für die sich ja später
leicht eine passende Ausrede finden würde, konnte Gregor doch
nicht gut sofort weggeschickt werden. Und Gregor schien es, daß
es viel vernünftiger wäre, ihn jetzt in Ruhe zu lassen, statt ihn
20 mit Weinen und Zureden zu stören. Aber es war eben die Ungewißheit, welche die anderen bedrängte und ihr Benehmen ent-
schuldigte.

»Herr Samsa«, rief nun der Prokurist mit erhobener Stimme,
»was ist denn los? Sie verbarrikadieren sich[21] da in Ihrem Zim-
25 mer, antworten bloß mit Ja und Nein, machen Ihren Eltern
schwere, unnötige Sorgen und versäumen — dies nur nebenbei
erwähnt — Ihre geschäftlichen Pflichten in einer eigentlich uner-
hörten Weise. Ich spreche hier im Namen Ihrer Eltern und Ihres
Chefs und bitte Sie ganz ernsthaft um eine augenblickliche, deut-
30 liche Erklärung. Ich staune, ich staune. Ich glaubte Sie als einen
ruhigen, vernünftigen Menschen zu kennen, und nun scheinen
Sie plötzlich anfangen zu wollen, mit sonderbaren Launen zu
paradieren. Der Chef deutete mir zwar heute früh eine mögliche
Erklärung für Ihre Versäumnis an — sie betraf das Ihnen seit
35 kurzem anvertraute Inkasso —, aber ich legte wahrhaftig fast

---

21. *verbarrikadieren sich* — barricade yourself, hole up

mein Ehrenwort dafür ein, daß diese Erklärung nicht zutreffen
könne. Nun aber sehe ich hier Ihren unbegreiflichen Starrsinn
und verliere ganz und gar jede Lust, mich auch nur im geringsten
für Sie einzusetzen. Und Ihre Stellung ist durchaus nicht die
festeste. Ich hatte ursprünglich die Absicht, Ihnen das alles unter 5
vier Augen[22] zu sagen, aber da Sie mich hier nutzlos meine Zeit
versäumen lassen, weiß ich nicht, warum es nicht auch Ihre Herren Eltern erfahren sollen. Ihre Leistungen in der letzten Zeit
waren also sehr unbefriedigend; es ist zwar nicht die Jahreszeit,
um besondere Geschäfte zu machen, das erkennen wir an; aber 10
eine Jahreszeit, um keine Geschäfte zu machen, gibt es überhaupt
nicht, Herr Samsa, darf es nicht geben.« — »Aber Herr Prokurist«, rief Gregor außer sich und vergaß in der Aufregung alles
andere, »ich mache ja sofort, augenblicklich auf. Ein leichtes Unwohlsein, ein Schwindelanfall, haben mich verhindert aufzuste- 15
hen. Ich liege noch jetzt im Bett. Jetzt bin ich aber schon wieder
ganz frisch. Eben steige ich aus dem Bett. Nur einen kleinen
Augenblick Geduld! Es geht noch nicht so gut, wie ich dachte.
Es ist mir aber schon wohl. Wie das nur einen Menschen so überfallen kann! Noch gestern abend war mir ganz gut, meine Eltern 20
wissen es ja, oder besser, schon gestern abend hatte ich eine kleine
Vorahnung. Man hätte es mir ansehen müssen. Warum habe ich es
nur im Geschäft nicht gemeldet! Aber man denkt eben immer, daß
man die Krankheit ohne Zuhausebleiben überstehen wird. Herr
Prokurist! Schonen Sie meine Eltern! Für alle die Vorwürfe, die 25
Sie mir jetzt machen, ist ja kein Grund; man hat mir ja davon
auch kein Wort gesagt. Sie haben vielleicht die letzten Aufträge,
die ich geschickt habe, nicht gelesen. Übrigens, noch mit dem
Achtuhrzug fahre ich auf die Reise, die paar Stunden Ruhe haben
mich gekräftigt. Halten Sie sich nur nicht auf[23], Herr Prokurist; 30
ich bin gleich selbst im Geschäft, und haben Sie die Güte, das zu
sagen und mich dem Herrn Chef zu empfehlen!«

Und während Gregor dies alles hastig ausstieß und kaum
wußte, was er sprach, hatte er sich leicht, wohl infolge der im

22. *unter vier Augen* — between ourselves
23. *Halten . . . auf* — don't let me keep you

Bett bereits erlangten Übung, dem Kasten genähert und versuchte nun, an ihm sich aufzurichten. Er wollte tatsächlich die Tür aufmachen, tatsächlich sich sehen lassen und mit dem Prokuristen sprechen; er war begierig zu erfahren, was die anderen, die
5 jetzt so nach ihm verlangten, bei seinem Anblick sagen würden. Würden sie erschrecken, dann hatte Gregor keine Verantwortung mehr und konnte ruhig sein. Würden sie aber alles ruhig hinnehmen, dann hatte er auch keinen Grund, sich aufzuregen, und konnte, wenn er sich beeilte, um acht Uhr tatsächlich auf
10 dem Bahnhof sein. Zuerst glitt er nun einige Male von dem glatten Kasten ab, aber endlich gab er sich einen letzten Schwung und stand aufrecht da; auf die Schmerzen im Unterleib achtete er gar nicht mehr, so sehr sie auch brannten. Nun ließ er sich gegen die Rückenlehne eines nahen Stuhles fallen, an déren Rän-
15 dern er sich mit seinen Beinchen festhielt. Damit hatte er aber auch die Herrschaft über sich erlangt und verstummte, denn nun konnte er den Prokuristen anhören.

»Haben Sie auch nur ein Wort verstanden?« fragte der Prokurist die Eltern, »er macht sich doch wohl nicht einen Narren aus
20 uns[24]?« — »Um Gottes willen«, rief die Mutter schon unter Weinen, »er ist vielleicht schwer krank, und wir quälen ihn. Grete! Grete!« schrie sie dann. »Mutter?« rief die Schwester von der anderen Seite. Sie verständigten sich durch Gregors Zimmer. »Du mußt augenblicklich zum Arzt. Gregor ist krank. Rasch um
25 den Arzt. Hast du Gregor jetzt reden hören?« — »Das war eine Tierstimme«, sagte der Prokurist, auffallend leise gegenüber dem Schreien der Mutter. »Anna! Anna!« rief der Vater durch das Vorzimmer in die Küche und klatschte in die Hände, »sofort einen Schlosser holen!« Und schon liefen die zwei Mädchen mit
30 rauschenden Röcken durch das Vorzimmer — wie hatte sich die Schwester denn so schnell angezogen? — und rissen die Wohnungstüre auf. Man hörte gar nicht die Türe zuschlagen; sie hatten sie wohl offen gelassen, wie es in Wohnungen zu sein pflegt, in denen ein großes Unglück geschehen ist.
35   Gregor war aber viel ruhiger geworden. Man verstand zwar

24. ›*er macht . . .uns?*‹ — "he isn't making fools of us, is he?"

also seine Worte nicht mehr, trotzdem sie ihm genug klar, klarer
als früher, vorgekommen waren, vielleicht infolge der Gewöhnung des Ohres. Aber immerhin glaubte man nun schon daran,
daß es mit ihm nicht ganz in Ordnung war, und war bereit, ihm
zu helfen. Die Zuversicht und Sicherheit, mit welchen die ersten 5
Anordnungen getroffen worden waren, taten ihm wohl. Er fühlte
sich wieder einbezogen in den menschlichen Kreis und erhoffte
von beiden, vom Arzt und vom Schlosser, ohne sie eigentlich
genau zu scheiden, großartige und überraschende Leistungen.
Um für die sich nähernden entscheidenden Besprechungen eine 10
möglichst klare Stimme zu bekommen, hustete er ein wenig ab,
allerdings bemüht, dies ganz gedämpft zu tun, da möglicherweise auch schon dieses Geräusch anders als menschlicher Husten
klang, was er selbst zu entscheiden sich nicht mehr getraute. Im
Nebenzimmer war es inzwischen ganz still geworden. Vielleicht 15
saßen die Eltern mit dem Prokuristen beim Tisch und tuschelten,
vielleicht lehnten alle an der Tür und horchten.

Gregor schob sich langsam mit dem Sessel zur Tür hin, ließ
ihn dort los, warf sich gegen die Tür, hielt sich an ihr aufrecht
— die Ballen seiner Beinchen hatten ein wenig Klebstoff — und 20
ruhte sich dort einen Augenblick lang von der Anstrengung aus.
Dann aber machte er sich daran, mit dem Mund den Schlüssel
im Schloß umzudrehen. Es schien leider, daß er keine eigentlichen Zähne hatte — womit sollte er gleich den Schlüssel fassen? —, aber dafür waren die Kiefer freilich sehr stark; mit ihrer 25
Hilfe brachte er auch wirklich den Schlüssel in Bewegung und
achtete nicht darauf, daß er sich zweifellos irgend einen Schaden
zufügte, denn eine braune Flüssigkeit kam ihm aus dem Mund,
floß über den Schlüssel und tropfte auf den Boden. »Hören Sie
nur«, sagte der Prokurist im Nebenzimmer, »er dreht den Schlüs- 30
sel um.« Das war für Gregor eine große Aufmunterung; aber alle
hätten ihm zurufen sollen, auch der Vater und die Mutter: ›Frisch,
Gregor‹, hätten sie rufen sollen, ›immer nur heran, fest an das
Schloß heran!‹ 25 Und in der Vorstellung, daß alle seine Bemü-
hungen mit Spannung verfolgten, verbiß er sich mit allem, was 35

25. *immer ... heran!* — keep at it, come at that lock!

er an Kraft aufbringen konnte, besinnungslos in den Schlüssel.
Je nach dem Fortschreiten der Drehung des Schlüssels umtanzte
er das Schloß; hielt sich jetzt nur noch mit dem Munde aufrecht,
und je nach Bedarf hing er sich an den Schlüssel oder drückte ihn
5 dann wieder nieder mit der ganzen Last seines Körpers. Der hel-
lere Klang des endlich zurückschnappenden Schlosses erweckte
Gregor förmlich. Aufatmend sagte er sich: »Ich habe also den
Schlosser nicht gebraucht«, und legte den Kopf auf die Klinke,
um die Türe gänzlich zu öffnen.

10   Da er die Türe auf diese Weise öffnen mußte, war sie eigentlich
schon recht weit geöffnet und er selbst noch nicht zu sehen. Er
mußte sich erst langsam um den einen Türflügel herumdrehen,
und zwar sehr vorsichtig, wenn er nicht gerade vor dem Eintritt
ins Zimmer plump auf den Rücken fallen wollte. Er war noch
15 mit jener schwierigen Bewegung beschäftigt und hatte nicht Zeit,
auf anderes zu achten, da hörte er schon den Prokuristen ein lau-
tes »Oh!« ausstoßen — es klang, wie wenn der Wind saust —
und nun sah er ihn auch, wie er, der der nächste an der Türe war,
die Hand gegen den offenen Mund drückte und langsam zurück-
20 wich, als vertreibe ihn eine unsichtbare, gleichmäßig fortwir-
kende Kraft. Die Mutter — sie stand hier trotz der Anwesenheit
des Prokuristen mit von der Nacht her noch aufgelösten, hoch
sich sträubenden Haaren — sah zuerst mit gefalteten Händen
den Vater an, ging dann zwei Schritte zu Gregor hin und fiel in-
25 mitten ihrer rings um sie herum sich ausbreitenden Röcke nieder,
das Gesicht ganz unauffindbar zu ihrer Brust gesenkt. Der Vater
ballte mit feindseligem Ausdruck die Faust, als wolle er Gregor
in sein Zimmer zurückstoßen, sah sich dann unsicher im Wohnzimmer um, beschattete dann mit den Händen die Augen und
30 weinte, daß sich seine mächtige Brust schüttelte.

Gregor trat nun gar nicht in das Zimmer, sondern lehnte sich
von innen an den festgeriegelten Türflügel, so daß sein Leib nur
zur Hälfte und darüber der seitlich geneigte Kopf zu sehen war,
mit dem er zu den anderen hinüberlugte. Es war inzwischen viel
35 heller geworden; klar stand auf der anderen Straßenseite ein
Ausschnitt des gegenüberliegenden, endlosen, grauschwarzen

Hauses — es war ein Krankenhaus — mit seinen hart die Front
durchbrechenden regelmäßigen Fenstern; der Regen fiel noch
nieder, aber nur mit großen, einzeln sichtbaren und förmlich
auch einzelweise auf die Erde hinuntergeworfenen Tropfen.
Das Frühstücksgeschirr stand in überreicher Zahl auf dem Tisch, 5
denn für den Vater war das Frühstück die wichtigste Mahlzeit
des Tages, die er bei der Lektüre verschiedener Zeitungen stundenlang hinzog. Gerade an der gegenüberliegenden Wand hing
eine Photographie Gregors aus seiner Militärzeit, die ihn als
Leutnant darstellte, wie er, die Hand am Degen, sorglos lächelnd, 10
Respekt für seine Haltung und Uniform verlangte. Die Tür zum
Vorzimmer war geöffnet, und man sah, da auch die Wohnungstür offen war, auf den Vorplatz der Wohnung hinaus und auf
den Beginn der abwärts führenden Treppe.

»Nun«, sagte Gregor und war sich dessen wohl bewußt, daß er 15
der einzige war, der die Ruhe bewahrt hatte, »ich werde mich
gleich anziehen, die Kollektion zusammenpacken und wegfahren. Wollt ihr, wollt ihr mich wegfahren lassen? Nun, Herr
Prokurist, Sie sehen, ich bin nicht starrköpfig, und ich arbeite
gern; das Reisen ist beschwerlich, aber ich könnte ohne das Rei- 20
sen nicht leben. Wohin gehen Sie denn, Herr Prokurist? Ins
Geschäft? Ja? Werden Sie alles wahrheitsgetreu berichten? Man
kann im Augenblick unfähig sein zu arbeiten, aber dann ist gerade der richtige Zeitpunkt, sich an die früheren Leistungen zu
erinnern und zu bedenken, daß man später, nach Beseitigung des 25
Hindernisses, gewiß desto fleißiger und gesammelter arbeiten
wird. Ich bin ja dem Herrn Chef so sehr verpflichtet, das wissen
Sie doch recht gut. Andererseits habe ich die Sorge um meine Eltern und die Schwester. Ich bin in der Klemme, ich werde mich
aber auch wieder herausarbeiten. Machen Sie es mir aber nicht 30
schwieriger, als es schon ist. Halten Sie im Geschäft meine Partei[26]! Man liebt den Reisenden nicht, ich weiß. Man denkt, er
verdient ein Heidengeld und führt dabei ein schönes Leben. Man
hat eben keine besondere Veranlassung, dieses Vorurteil besser
zu durchdenken. Sie aber, Herr Prokurist, Sie haben einen bes- 35

26. *Halten ... Partei!* — Take my part at the office!

seren Überblick über die Verhältnisse als das sonstige Personal,
ja sogar, ganz im Vertrauen gesagt, einen besseren Überblick als
der Herr Chef selbst, der in seiner Eigenschaft als Unternehmer
sich in seinem Urteil zuungunsten eines Angestellten be-
5 irren läßt. Sie wissen auch sehr wohl, daß der Reisende, der fast
das ganze Jahr außerhalb des Geschäftes ist, so leicht ein Opfer
von Klatschereien, Zufälligkeiten und grundlosen Beschwerden
werden kann, gegen die sich zu wehren ihm ganz unmöglich ist,
da er von ihnen meistens gar nichts erfährt und nur dann, wenn
10 er erschöpft eine Reise beendet hat, zu Hause die schlimmen, auf
ihre Ursachen hin nicht mehr zu durchschauenden Folgen am
eigenen Leibe zu spüren bekommt[27]. Herr Prokurist, gehen Sie
nicht weg, ohne mir ein Wort gesagt zu haben, das mir zeigt, daß
Sie mir wenigstens zu einem kleinen Teil recht geben!«
15   Aber der Prokurist hatte sich schon bei den ersten Worten
Gregors abgewendet, und nur über die zuckende Schulter hinweg
sah er mit aufgeworfenen Lippen nach Gregor zurück. Und während Gregors Rede stand er keinen Augenblick still, sondern
verzog sich, ohne Gregor aus den Augen zu lassen, gegen die
20 Tür, aber ganz allmählich, als bestehe ein geheimes Verbot, das
Zimmer zu verlassen. Schon war er im Vorzimmer, und nach der
plötzlichen Bewegung, mit der er zum letztenmal den Fuß aus
dem Wohnzimmer zog, hätte man glauben können, er habe sich
soeben die Sohle verbrannt. Im Vorzimmer aber streckte er die
25 rechte Hand weit von sich zur Treppe hin, als warte dort auf ihn
eine geradezu überirdische Erlösung.
    Gregor sah ein, daß er den Prokuristen in dieser Stimmung auf
keinen Fall weggehen lassen dürfe, wenn dadurch seine Stellung
im Geschäft nicht aufs äußerste gefährdet werden sollte. Die El-
30 tern verstanden das alles nicht so gut; sie hatten sich in den langen Jahren die Überzeugung gebildet, daß Gregor in diesem
Geschäft für sein Leben versorgt war, und hatten außerdem jetzt
mit den augenblicklichen Sorgen so viel zu tun, daß ihnen jede

27. *nur dann, wenn ... bekommt* — only when at home, exhausted from
the trip he has completed, does he have to suffer to his own hurt the
evil consequences which can no longer be traced back to their causes

Voraussicht abhanden gekommen war. Aber Gregor hatte diese
Voraussicht. Der Prokurist mußte gehalten, beruhigt, überzeugt
und schließlich gewonnen werden; die Zukunft Gregors und seiner Familie hing doch davon ab! Wäre doch die Schwester hier
gewesen! Sie war klug; sie hatte schon geweint, als Gregor noch 5
ruhig auf dem Rücken lag. Und gewiß hätte der Prokurist, dieser
Damenfreund, sich von ihr lenken lassen; sie hätte die Wohnungstür zugemacht und ihm im Vorzimmer den Schrecken aus-
geredet. Aber die Schwester war eben nicht da, Gregor selbst
mußte handeln. Und ohne daran zu denken, daß er seine gegen- 10
wärtigen Fähigkeiten, sich zu bewegen, noch gar nicht kannte,
ohne auch daran zu denken, daß seine Rede möglicher-, ja wahr-
scheinlicherweise wieder nicht verstanden worden war, verließ er
den Türflügel; schob sich durch die Öffnung; wollte zum Prokuristen hingehen, der sich schon am Geländer des Vorplatzes 15
lächerlicherweise mit beiden Händen festhielt; fiel aber sofort,
nach einem Halt suchend, mit einem kleinen Schrei auf seine
vielen Beinchen nieder. Kaum war das geschehen, fühlte er zum
erstenmal an diesem Morgen ein körperliches Wohlbehagen; die
Beinchen hatten festen Boden unter sich; sie gehorchten voll- 20
kommen, wie er zu seiner Freude merkte; sie strebten sogar danach, ihn fortzutragen, wohin er wollte; und schon glaubte er, die
endgültige Besserung alles Leidens stehe unmittelbar bevor. Aber
im gleichen Augenblick, als er da schaukelnd vor verhaltener
Bewegung, gar nicht weit von seiner Mutter entfernt, ihr gerade 25
gegenüber auf dem Boden lag, sprang diese, die doch so ganz in
sich versunken schien, mit einemmal in die Höhe, die Arme
weit ausgestreckt, die Finger gespreizt, rief: »Hilfe, um Gottes
willen, Hilfe!« hielt den Kopf geneigt, als wolle sie Gregor besser sehen, lief aber, im Widerspruch dazu, sinnlos zurück; hatte 30
vergessen, daß hinter ihr der gedeckte Tisch stand; setzte sich, als
sie bei ihm angekommen war, wie in Zerstreutheit eilig auf ihn;
und schien gar nicht zu merken, daß neben ihr aus der umgewor-
fenen großen Kanne der Kaffee in vollem Strom auf den Teppich
sich ergoß. 35

   »Mutter, Mutter«, sagte Gregor leise und sah zu ihr hinauf.

Der Prokurist war ihm für einen Augenblick ganz aus dem Sinn gekommen; dagegen konnte er sich nicht versagen, im Anblick des fließenden Kaffees mehrmals mit den Kiefern ins Leere zu schnappen. Darüber schrie die Mutter neuerdings auf, flüchtete
5 vom Tisch und fiel dem ihr entgegeneilenden Vater in die Arme. Aber Gregor hatte jetzt keine Zeit für seine Eltern; der Prokurist war schon auf der Treppe; das Kinn auf dem Geländer, sah er noch zum letztenmal zurück. Gregor nahm einen Anlauf, um ihn möglichst sicher einzuholen; der Prokurist mußte etwas
10 ahnen, denn er machte einen Sprung über mehrere Stufen und verschwand; »Hu!« aber schrie er noch, es klang durchs ganze Treppenhaus. Leider schien nun auch diese Flucht des Prokuristen den Vater, der bisher verhältnismäßig gefaßt gewesen war, völlig zu verwirren, denn statt selbst dem Prokuristen nachzu-
15 laufen oder wenigstens Gregor in der Verfolgung nicht zu hindern, packte er mit der Rechten den Stock des Prokuristen, den dieser mit Hut und Überzieher auf einem Sessel zurückgelassen hatte, holte mit der Linken eine große Zeitung vom Tisch und machte sich unter Füßestampfen daran, Gregor durch Schwen-
20 ken des Stockes und der Zeitung in sein Zimmer zurückzutreiben. Kein Bitten Gregors half, kein Bitten wurde auch verstanden, er mochte den Kopf noch so demütig drehen[28], der Vater stampfte nur stärker mit den Füßen. Drüben hatte die Mutter trotz des kühlen Wetters ein Fenster aufgerissen, und hinausgelehnt
25 drückte sie ihr Gesicht weit außerhalb des Fensters in ihre Hände. Zwischen Gasse und Treppenhaus entstand eine starke Zugluft, die Fenstervorhänge flogen auf, die Zeitungen auf dem Tische rauschten, einzelne Blätter wehten über den Boden hin. Unerbittlich drängte der Vater und stieß Zischlaute aus wie ein
30 Wilder. Nun hatte aber Gregor noch gar keine Übung im Rückwärtsgehen, es ging wirklich sehr langsam. Wenn sich Gregor nur hätte umdrehen dürfen, er wäre gleich in seinem Zimmer gewesen, aber er fürchtete sich, den Vater durch die zeitraubende Umdrehung ungeduldig zu machen, und jeden Augenblick
35 drohte ihm doch von dem Stock in des Vaters Hand der tödliche

28. *er mochte . . . drehen* — however humbly he turned his head

Schlag auf den Rücken oder auf den Kopf. Endlich aber blieb Gregor doch nichts anderes übrig, denn er merkte mit Entsetzen, daß er im Rückwärtsgehen nicht einmal die Richtung einzuhalten verstand; und so begann er, unter unaufhörlichen ängstlichen Seitenblicken nach dem Vater, sich nach Möglichkeit rasch, in 5 Wirklichkeit aber doch nur sehr langsam umzudrehen. Vielleicht merkte der Vater seinen guten Willen, denn er störte ihn hierbei nicht, sondern dirigierte sogar hie und da die Drehbewegung von der Ferne mit der Spitze seines Stockes. Wenn nur nicht dieses unerträgliche Zischen des Vaters gewesen wäre! Gregor ver- 10 lor darüber ganz den Kopf. Er war schon fast ganz umgedreht, als er sich, immer auf dieses Zischen horchend, sogar irrte und sich wieder ein Stück zurückdrehte. Als er aber endlich glücklich mit dem Kopf vor der Türöffnung war zeigte es sich, daß sein Körper zu breit war, um ohne weiteres durchzukommen. Dem 15 Vater fiel es natürlich in seiner gegenwärtigen Verfassung auch nicht entfernt ein, etwa den anderen Türflügel zu öffnen, um für Gregor einen genügenden Durchgang zu schaffen. Seine fixe Idee war bloß, daß Gregor so rasch wie möglich in sein Zimmer müsse. Niemals hätte er auch die umständlichen Vorbereitungen 20 gestattet, die Gregor brauchte, um sich aufzurichten und vielleicht auf diese Weise durch die Tür zu kommen. Vielmehr trieb er, als gäbe es kein Hindernis, Gregor jetzt unter besonderem Lärm vorwärts; es klang schon hinter Gregor gar nicht mehr wie die Stimme bloß eines einzigen Vaters; nun gab es wirklich keinen 25 Spaß mehr, und Gregor drängte sich — geschehe, was wolle²⁹ — in die Tür. Die eine Seite seines Körpers hob sich, er lag schief in der Türöffnung, seine eine Flanke war ganz wundgerieben, an der weißen Tür blieben häßliche Flecken, bald steckte er fest und hätte sich allein nicht mehr rühren können, die Beinchen auf der 30 einen Seite hingen zitternd oben in der Luft, die auf der anderen waren schmerzhaft zu Boden gedrückt — da gab ihm der Vater von hinten einen jetzt wahrhaftig erlösenden starken Stoß, und er flog, heftig blutend, weit in sein Zimmer hinein. Die Tür wurde noch mit dem Stock zugeschlagen, dann war es endlich still.

29. *geschehe was wolle* — come what may

II

Erst in der Abenddämmerung erwachte Gregor aus seinem schweren ohnmachtsähnlichen Schlaf. Er wäre gewiß nicht viel später auch ohne Störung erwacht, denn er fühlte sich genügend ausgeruht und ausgeschlafen, doch schien es ihm, als hätte ihn ein flüchtiger Schritt und ein vorsichtiges Schließen der 5 zum Vorzimmer führenden Tür geweckt. Der Schein der elektrischen Straßenlampen lag bleich hie und da auf der Zimmerdecke und auf den höheren Teilen der Möbel, aber unten bei Gregor war es finster. Langsam schob er sich, noch ungeschickt mit seinen Fühlern tastend, die er erst jetzt schätzen lernte, zur 10 Türe hin, um nachzusehen, was dort geschehen war. Seine linke Seite schien eine einzige lange, unangenehm spannende Narbe, und er mußte auf seinen zwei Beinchen regelrecht hinken. Ein Beinchen war übrigens im Laufe der vormittägigen Vorfälle schwer verletzt worden — es war fast ein Wunder, daß nur eines 15 verletzt worden war — und schleppte leblos nach.

Erst bei der Tür merkte er, was ihn dorthin eigentlich gelockt hatte: Es war der Geruch von etwas Eßbarem gewesen. Denn dort stand ein Napf, mit süßer Milch gefüllt, in der kleine Schnitten von Weißbrot schwammen. Fast hätte er vor Freude gelacht, 20 denn er hatte noch größeren Hunger als am Morgen, und gleich tauchte er seinen Kopf fast bis über die Augen in die Milch hin-

ein. Aber bald zog er ihn enttäuscht wieder zurück; nicht nur,
daß ihm das Essen wegen seiner heiklen linken Seite Schwierig-
keiten machte — und er konnte nur essen, wenn der ganze Körper schnaufend mitarbeitete —, so schmeckte ihm überdies die
5 Milch, die sonst sein Lieblingsgetränk war und die ihm gewiß
die Schwester deshalb hereingestellt hatte, gar nicht, ja er wandte
sich fast mit Widerwillen von dem Napf ab und kroch in die
Zimmermitte zurück.

Im Wohnzimmer war, wie Gregor durch die Türspalte sah,
10 das Gas angezündet, aber während sonst zu dieser Tageszeit der
Vater seine nachmittags erscheinende Zeitung der Mutter und
manchmal auch der Schwester mit erhobener Stimme vorzulesen
pflegte, hörte man jetzt keinen Laut. Nun, vielleicht war dieses
Vorlesen, von dem ihm die Schwester immer erzählte und
15 schrieb, in der letzten Zeit überhaupt aus der Übung gekommen.
Aber auch ringsherum war es so still, trotzdem doch gewiß die
Wohnung nicht leer war. ›Was für ein stilles Leben die Familie
doch führte‹, sagte sich Gregor und fühlte, während er starr vor
sich ins Dunkle sah, einen großen Stolz darüber, daß er seinen
20 Eltern und seiner Schwester ein solches Leben in einer so schönen
Wohnung hatte verschaffen können. Wie aber, wenn jetzt alle
Ruhe, aller Wohlstand, alle Zufriedenheit ein Ende mit Schrek-
ken nehmen sollten? Um sich nicht in solche Gedanken zu verlieren, setzte sich Gregor lieber in Bewegung und kroch im
25 Zimmer auf und ab.

Einmal während des langen Abends wurde die eine Seitentür
und einmal die andere bis zu einer kleinen Spalte geöffnet und
rasch wieder geschlossen; jemand hatte wohl das Bedürfnis, hereinzukommen, aber auch wieder zu viele Bedenken. Gregor
30 machte nun unmittelbar bei der Wohnzimmertür halt, entschlossen, den zögernden Besucher doch irgendwie hereinzubringen
oder doch wenigstens zu erfahren, wer es sei; aber nun wurde die
Tür nicht mehr geöffnet, und Gregor wartete vergebens. Früh,
als die Türen versperrt waren, hatten alle zu ihm hereinkommen
35 wollten, jetzt, da er die eine Tür geöffnet hatte und die anderen
offenbar während des Tages geöffnet worden waren, kam

keiner mehr, und die Schlüssel steckten nun auch von außen[30].

Spät erst in der Nacht wurde das Licht im Wohnzimmer aus-
gelöscht, und nun war leicht festzustellen, daß die Eltern und die
Schwester so lange wach geblieben waren, denn wie man genau
hören konnte, entfernten sich jetzt alle drei auf den Fußspitzen. 5
Nun kam gewiß bis zum Morgen niemand mehr zu Gregor herein; er hatte also eine lange Zeit, um ungestört zu überlegen, wie
er sein Leben jetzt neu ordnen sollte. Aber das hohe freie Zimmer,
in dem er gezwungen war, flach auf dem Boden zu liegen, ängs-
tigte ihn, ohne daß er die Ursache herausfinden konnte, denn es 10
war ja sein seit fünf Jahren von ihm bewohntes Zimmer — und
mit einer halb unbewußten Wendung und nicht ohne eine leichte
Scham eilte er unter das Kanapee, wo er sich, trotzdem sein
Rücken ein wenig gedrückt wurde und trotzdem er den Kopf
nicht mehr erheben konnte, gleich sehr behaglich fühlte und nur 15
bedauerte, daß sein Körper zu breit war, um vollständig unter
dem Kanapee untergebracht zu werden.

Dort blieb er die ganze Nacht, die er zum Teil im Halbschlaf,
aus dem ihn der Hunger immer wieder aufschreckte, verbrachte,
zum Teil aber in Sorgen und undeutlichen Hoffnungen, die aber 20
alle zu dem Schlusse führten, daß er sich vorläufig ruhig verhalten und durch Geduld und größte Rücksichtnahme der Familie
die Unannehmlichkeiten erträglich machen müsse, die er ihr in
seinem gegenwärtigen Zustand nun einmal zu verursachen gezwungen war. 25

Schon am frühen Morgen, es war fast noch Nacht, hatte Gregor Gelegenheit, die Kraft seiner eben gefaßten Entschlüsse zu
prüfen, denn vom Vorzimmer her öffnete die Schwester, fast
völlig angezogen, die Tür und sah mit Spannung herein. Sie fand
ihn nicht gleich, aber als sie ihn unter dem Kanapee bemerkte — 30
Gott, er mußte doch irgendwo sein, er hatte doch nicht wegflie-
gen können —, erschrak sie so sehr, daß sie, ohne sich beherrschen zu können, die Tür von außen wieder zuschlug. Aber als
bereue sie ihr Benehmen, öffnete sie die Tür sofort wieder und

30. *die Schlüssel . . . außen* — the keys were inserted now from the outside too

trat, als sei sie bei einem Schwerkranken oder gar bei einem
Fremden, auf den Fußspitzen herein. Gregor hatte den Kopf bis
knapp zum Rande des Kanapees vorgeschoben und beobachtete
sie. Ob sie wohl bemerken würde, daß er die Milch stehengelas-
5 sen hatte, und zwar keineswegs aus Mangel an Hunger, und ob
sie eine andere Speise hereinbringen würde, die ihm besser ent-
sprach? Täte sie es nicht von selbst, er wollte lieber verhungern
als sie darauf aufmerksam machen, trotzdem es ihn eigentlich
ungeheuer drängte, unterm Kanapee ⸗orzuschießen, sich der
10 Schwester zu Füßen zu werfen und sie um irgend etwas Gutes
zum Essen zu bitten. Aber die Schwester bemerkte sofort mit
Verwunderung den noch vollen Napf, aus dem nur ein wenig
Milch ringsherum verschüttet war, sie hob ihn gleich auf, zwar
nicht mit den bloßen Händen, sondern mit einem Fetzen, und
15 trug ihn hinaus. Gregor war äußerst neugierig, was sie zum Er-
satze bringen würde, und er machte sich die verschiedensten
Gedanken darüber. Niemals aber hätte er erraten können, was
die Schwester in ihrer Güte wirklich tat. Sie brachte ihm, um
seinen Geschmack zu prüfen, eine ganze Auswahl, alles auf einer
20 alten Zeitung ausgebreitet. Da war altes halbverfaultes Gemüse;
Knochen vom Nachtmahl her, die von festgewordener weißer
Soße umgeben waren; ein paar Rosinen und Mandeln; ein Käse,
den Gregor vor zwei Tagen für ungenießbar erklärt hatte; ein
trockenes Brot, ein mit Butter beschmiertes Brot und ein mit
25 Butter beschmiertes und gesalzenes Brot. Außerdem stellte sie zu
dem allen noch den wahrscheinlich ein für allemal für Gregor
bestimmten Napf, in den sie Wasser gegossen hatte. Und aus
Zartgefühl, da sie wußte, daß Gregor vor ihr nicht essen würde,
entfernte sie sich eiligst und drehte sogar den Schlüssel um, da-
30 mit nur[31] Gregor merken könne, daß er es sich so behaglich
machen dürfe, wie er wolle. Gregors Beinchen schwirrten, als es
jetzt zum Essen ging. Seine Wunden mußten übrigens auch schon
vollständig geheilt sein, er fühlte keine Behinderung mehr, er
staunte darüber und dachte daran, wie er vor mehr als einem
35 Monat sich mit dem Messer ganz wenig in den Finger geschnit-

31. *damit nur* — just so that

ten und wie ihm diese Wunde noch vorgestern genug weh getan
hatte. ›Sollte ich jetzt weniger Feingefühl haben?‹ dachte er und
saugte schon gierig an dem Käse, zu dem es ihn vor allen anderen
Speisen sofort und nachdrücklich gezogen hatte. Rasch hinterein-
ander und mit vor Befriedigung tränenden Augen verzehrte er 5
den Käse, das Gemüse und die Soße; die frischen Speisen dagegen schmeckten ihm nicht, er konnte nicht einmal ihren Geruch
vertragen und schleppte sogar die Sachen, die er essen wollte, ein
Stückchen weiter weg. Er war schon längst mit allem fertig und
lag nur noch faul auf der gleichen Stelle, als die Schwester zum 10
Zeichen, daß er sich zurückziehen solle, langsam den Schlüssel
umdrehte. Das schreckte ihn sofort auf, trotzdem er schon fast
schlummerte, und er eilte wieder unter das Kanapee. Aber es
kostete ihn große Selbstüberwindung, auch nur die kurze Zeit,
während welcher die Schwester im Zimmer war, unter dem 15
Kanapee zu bleiben, denn von dem reichlichen Essen hatte sich
sein Leib ein wenig gerundet, und er konnte dort in der Enge
kaum atmen. Unter kleinen Erstickungsanfällen sah er mit etwas
hervorgequollenen Augen zu, wie die nichtsahnende Schwester
mit einem Besen nicht nur die Überbleibsel zusammenkehrte, 20
sondern selbst die von Gregor gar nicht berührten Speisen, als
seien also auch diese nicht mehr zu gebrauchen, und wie sie alles
hastig in einen Kübel schüttete, den sie mit einem Holzdeckel
schloß, worauf sie alles hinaustrug. Kaum hatte sie sich umgedreht, zog sich schon Gregor unter dem Kanapee hervor und 25
streckte und blähte sich.

Auf diese Weise bekam nun Gregor täglich sein Essen, einmal
am Morgen, wenn die Eltern und das Dienstmädchen noch
schliefen, das zweitemal nach dem allgemeinen Mittagessen,
denn dann schliefen die Eltern gleichfalls noch ein Weilchen, 30
und das Dienstmädchen wurde von der Schwester mit irgend
einer Besorgung weggeschickt. Gewiß wollten auch sie nicht, daß
Gregor verhungere, aber vielleicht hätten sie es nicht ertragen
können, von seinem Essen mehr als durch Hörensagen zu erfahren, vielleicht wollte die Schwester ihnen auch eine mög- 35

licherweise nur kleine Trauer ersparen, denn tatsächlich litten sie
ja gerade genug. *Excuse*

Mit welchen Ausreden man an jenem ersten Vormittag den
Arzt und den Schlosser wieder aus der Wohnung geschafft hatte,
5 konnte Gregor gar nicht erfahren, denn da er nicht verstanden
wurde, dachte niemand daran, auch die Schwester nicht, daß er
die anderen verstehen könne, und so mußte er sich, wenn die
Schwester in seinem Zimmer war, damit begnügen, nur hier und
da ihre Seufzer und Anrufe der Heiligen zu hören. Erst später,
10 als sie sich ein wenig an alles gewöhnt hatte — von vollständiger
Gewöhnung konnte natürlich niemals die Rede sein —, erhaschte
Gregor manchmal eine Bemerkung, die freundlich gemeint war
oder so gedeutet werden konnte. »Heute hat es ihm aber ge-
schmeckt«, sagte sie, wenn Gregor unter dem Essen tüchtig auf-
15 geräumt hatte[32], während sie im gegenteiligen Fall, der sich allmählich immer häufiger wiederholte, fast traurig zu sagen
pflegte: »Nun ist wieder alles stehengeblieben.«

Während aber Gregor unmittelbar keine Neuigkeit erfahren
konnte, erhorchte er manches aus den Nebenzimmern, und wo er
20 nur einmal[33] Stimmen hörte, lief er gleich zu der betreffenden
Tür und drückte sich mit ganzem Leib an sie. Besonders in der
ersten Zeit gab es kein Gespräch, das nicht irgendwie, wenn auch
nur im geheimen, von ihm handelte. Zwei Tage lang waren bei
allen Mahlzeiten Beratungen darüber zu hören, wie man sich
25 jetzt verhalten solle; aber auch zwischen den Mahlzeiten sprach
man über das gleiche Thema, denn immer waren zumindest zwei
Familienmitglieder zu Hause, da wohl niemand allein zu Hause
bleiben wollte und man die Wohnung doch auf keinen Fall
gänzlich verlassen konnte. Auch hatte das Dienstmädchen gleich
30 am ersten Tag — es war nicht ganz klar, was und wieviel sie von
dem Vorgefallenen wußte — kniefällig die Mutter gebeten, sie
sofort zu entlassen, und als sie sich eine Viertelstunde danach
verabschiedete, dankte sie für die Entlassung unter Tränen wie
für die größte Wohltat, die man ihr hier erwiesen hatte, und gab,

---

32. *unter dem Essen ... hatte* — had heartily put away a lot of food
33. *wo ... einmal* — whenever he

ohne daß man es von ihr verlangte, einen fürchterlichen Schwur
ab, niemandem auch nur das geringste zu verraten.

Nun mußte die Schwester im Verein mit der Mutter auch
kochen: allerdings machte das nicht viel Mühe, denn man aß fast
nichts. Immer wieder hörte Gregor, wie der eine den anderen 5
vergebens zum Essen aufforderte und keine andere Antwort
bekam als: »Danke, ich habe genug«, oder etwas Ähnliches.
Getrunken wurde vielleicht auch nichts. Öfters fragte die Schwester den Vater, ob er Bier haben wolle, und herzlich erbot sie
sich, es selbst zu holen, und als der Vater schwieg, sagte sie, um 10
ihm jedes Bedenken zu nehmen, sie könne auch die Hausmeisterin darum schicken, aber dann sagte der Vater schließlich ein
großes »Nein«, und es wurde nicht mehr davon gesprochen.

Schon im Laufe des ersten Tages legte der Vater die ganzen
Vermögensverhältnisse[34] und Aussichten sowohl der Mutter als 15
auch der Schwester dar. Hie und da stand er vom Tische auf und
holte aus seiner kleinen Wertheimkassa[35], die er aus dem vor
fünf Jahren erfolgten Zusammenbruch seines Geschäftes gerettet
hatte, irgend einen Beleg oder irgend ein Vormerkbuch. Man
hörte, wie er das komplizierte Schloß aufsperrte und nach Ent- 20
nahme des Gesuchten wieder verschloß. Diese Erklärungen des
Vaters waren zum Teil das erste Erfreuliche, was Gregor seit seiner Gefangenschaft zu hören bekam. Er war der Meinung gewesen, daß dem Vater von jenem Geschäft her nicht das geringste
übriggeblieben war, zumindest hatte ihm der Vater nichts Gegen- 25
teiliges gesagt, und Gregor hatte ihn auch nicht darum gefragt.
Gregors Sorge war damals nur gewesen, alles daranzusetzen[36],
um die Familie das geschäftliche Unglück, das alle in eine voll-
ständige Hoffnungslosigkeit gebracht hatte, möglichst rasch vergessen zu lassen. Und so hatte er damals mit ganz besonderem 30
Feuer zu arbeiten angefangen und war fast über Nacht aus einem
kleinen Kommis ein Reisender geworden, der natürlich ganz

34. *die ganzen Vermögensverhältnisse* — the whole financial situation
35. *Wertheimkassa* — safe
36. *alles daranzusetzen* — to do his utmost

andere Möglichkeiten des Geldverdienens hatte und dessen
Arbeitserfolge sich sofort in Form der Provision zu Bargeld ver-
wandelten, das der erstaunten und beglückten Familie zu Hause
auf den Tisch gelegt werden konnte. Es waren schöne Zeiten
5 gewesen, und niemals nachher hatten sie sich, wenigstens in diesem Glanze, wiederholt, trotzdem Gregor später so viel Geld
verdiente, daß er den Aufwand der ganzen Familie zu tragen
imstande war und auch trug. Man hatte sich eben daran gewöhnt,
sowohl die Familie als auch Gregor, man nahm das Geld dank-
10 bar an, er lieferte es gern ab, aber eine besondere Wärme wollte
sich nicht mehr ergeben. Nur die Schwester war Gregor doch
noch nahegeblieben, und es war sein geheimer Plan, sie, die zum
Unterschied von Gregor Musik sehr liebte und rührend Violine
zu spielen verstand, nächstes Jahr, ohne Rücksicht auf die großen
15 Kosten, die das verursachen mußte und die man schon auf andere Weise hereinbringen würde, auf das Konservatorium zu
schicken. Öfters während der kurzen Aufenthalte Gregors in der
Stadt wurde in den Gesprächen mit der Schwester das Konservatorium erwähnt, aber immer nur als schöner Traum, an dessen
20 Verwirklichung nicht zu denken war, und die Eltern hörten nicht
einmal diese unschuldigen Erwähnungen gern; aber Gregor
dachte sehr bestimmt daran und beabsichtigte, es am Weihnachtsabend feierlich zu erklären.

Solche in seinem gegenwärtigen Zustand ganz nutzlose Ge-
25 danken gingen ihm durch den Kopf, während er dort aufrecht an
der Türe klebte und horchte. Manchmal konnte er vor allgemeiner Müdigkeit gar nicht mehr zuhören und ließ den Kopf nachlässig gegen die Tür schlagen, hielt ihn aber sofort wieder fest,
denn selbst das kleine Geräusch, das er damit verursacht hatte,
30 war nebenan gehört worden und hatte alle verstummen lassen.
»Was er nur wieder treibt«, sagte der Vater nach einer Weile,
offenbar zur Tür hingewendet, und dann erst wurde das unter-
brochene Gespräch allmählich wieder aufgenommen.

Gregor erfuhr nun zur Genüge — denn der Vater pflegte sich
35 in seinen Erklärungen öfters zu wiederholen, teils, weil er selbst
sich mit diesen Dingen schon lange nicht beschäftigt hatte, teils

auch, weil die Mutter nicht alles gleich beim erstenmal verstand
—, daß trotz allen Unglücks ein allerdings ganz kleines Vermögen aus der alten Zeit noch vorhanden war, das die nicht an-
gerührten Zinsen in der Zwischenzeit ein wenig hatten anwach-
sen lassen. Außerdem aber war das Geld, das Gregor allmonat-   5
lich nach Hause gebracht hatte — er selbst hatte nur ein paar
Gulden für sich behalten —, nicht vollständig aufgebraucht worden und hatte sich zu einem kleinen Kapital angesammelt. Gregor, hinter seiner Türe, nickte eifrig, erfreut über diese unerwar-
tete Vorsicht und Sparsamkeit. Eigentlich hätte er ja mit diesen 10
überschüssigen Geldern die Schuld des Vaters gegenüber dem
Chef weiter abgetragen haben können, und jener Tag, an dem er
diesen Posten hätte loswerden können, wäre weit näher gewesen,
aber jetzt war es zweifellos besser so, wie es der Vater eingerich-
tet hatte.   15

Nun genügte dieses Geld aber ganz und gar nicht, um die
Familie etwa von den Zinsen leben zu lassen; es genügte vielleicht, um die Familie ein, höchstens zwei Jahre zu erhalten,
mehr war es nicht. Es war also bloß eine Summe, die man eigentlich nicht angreifen durfte und die für den Notfall zurückgelegt 20
werden mußte; das Geld zum Leben aber mußte man verdienen.
Nun war aber der Vater ein zwar gesunder, aber alter Mann, der
schon fünf Jahre nichts gearbeitet hatte und sich jedenfalls nicht
viel zutrauen durfte; er hatte in diesen fünf Jahren, welche die
ersten Ferien seines mühevollen und doch erfolglosen Lebens 25
waren, viel Fett angesetzt und war dadurch recht schwerfällig
geworden. Und die alte Mutter sollte nun vielleicht Geld verdienen, die an Asthma litt, der eine Wanderung durch die Wohnung schon Anstrengung verursacht und die jeden zweiten Tag
in Atembeschwerden auf dem Sofa beim offenen Fenster ver- 30
brachte? Und die Schwester sollte Geld verdienen, die noch ein
Kind war mit ihren siebzehn Jahren und der ihre bisherige
Lebensweise so sehr zu gönnen war, die daraus bestanden hatte[37],
sich nett zu kleiden, lange zu schlafen, in der Wirtschaft mitzu-

37. *der ihre bisherige . . . hatte* — whom one liked to see live as she had
till now, a way of life consisting of

helfen, an ein paar bescheidenen Vergnügungen sich zu beteiligen und vor allem Violine zu spielen? Wenn die Rede auf diese Notwendigkeit des Geldverdienens kam, ließ zuerst immer Gregor die Türe los und warf sich auf das neben der Tür befindliche
5 kühle Ledersofa, denn ihm war ganz heiß vor Beschämung und Trauer.

Oft lag er dort die ganzen langen Nächte über, schlief keinen Augenblick und scharrte nur stundenlang auf dem Leder. Oder er scheute nicht die große Mühe, einen Sessel zum Fenster zu
10 schieben, dann die Fensterbrüstung hinaufzukriechen und, in den Sessel gestemmt, sich ans Fenster zu lehnen, offenbar nur in irgend einer Erinnerung an das Befreiende, das früher für ihn darin gelegen war, aus dem Fenster zu schauen. Denn tatsächlich sah er von Tag zu Tag die auch nur wenig entfernten Dinge
15 immer undeutlicher; das gegenüberliegende Krankenhaus, dessen nur allzu häufigen Anblick er früher verflucht hatte, bekam er überhaupt nicht mehr zu Gesicht, und wenn er nicht genau gewußt hätte, daß er in der stillen, aber völlig städtischen Charlottenstraße wohnte, hätte er glauben können, von seinem Fenster
20 aus in eine Einöde zu schauen, in welcher der graue Himmel und die graue Erde ununterscheidbar sich vereinigten. Nur zweimal hatte die aufmerksame Schwester sehen müssen, daß der Sessel beim Fenster stand, als sie schon jedesmal, nachdem sie das Zimmer aufgeräumt hatte, den Sessel wieder genau zum Fenster hin-
25 schob, ja sogar von nun ab den inneren Fensterflügel offenließ.

Hätte Gregor nur mit der Schwester sprechen und ihr für alles danken können, was sie für ihn machen mußte, er hätte ihre Dienste leichter ertragen; so aber litt er darunter. Die Schwester suchte freilich die Peinlichkeit des Ganzen möglichst zu ver-
30 wischen, und je längere Zeit verging, desto besser gelang es ihr natürlich auch, aber auch Gregor durchschaute mit der Zeit alles viel genauer. Schon ihr Eintritt war für ihn schrecklich. Kaum war sie eingetreten, lief sie, ohne sich Zeit zu nehmen, die Türe zu schließen, so sehr sie sonst darauf achtete, jedem den Anblick
35 von Gregors Zimmer zu ersparen, geradewegs zum Fenster und riß es, als ersticke sie fast, mit hastigen Händen auf, blieb auch,

selbst wenn es noch so kalt war, ein Weilchen beim Fenster und
atmete tief. Mit diesem Laufen und Lärmen erschreckte sie Gregor täglich zweimal; die ganze Zeit über zitterte er unter dem
Kanapee und wußte doch sehr gut, daß sie ihn gewiß gerne damit
verschont hätte, wenn es ihr nur möglich gewesen wäre, sich in 5
einem Zimmer, in dem sich Gregor befand, bei geschlossenem
Fenster aufzuhalten.

Einmal, es war wohl schon ein Monat seit Gregors Verwandlung vergangen, und es war doch schon für die Schwester kein
besonderer Grund mehr, über Gregors Aussehen in Erstaunen zu 10
geraten, kam sie ein wenig früher als sonst und traf Gregor noch
an, wie er, unbeweglich und so recht zum Erschrecken aufgestellt,
aus dem Fenster schaute. Es wäre für Gregor nicht unerwartet
gewesen, wenn sie nicht eingetreten wäre, da er sie durch seine
Stellung verhinderte, sofort das Fenster zu öffnen, aber sie trat 15
nicht nur nicht ein, sie fuhr sogar zurück und schloß die Tür; ein
Fremder hätte geradezu denken können, Gregor habe ihr auf-
gelauert und habe sie beißen wollen. Gregor versteckte sich natürlich sofort unter dem Kanapee, aber er mußte bis zum Mittag
warten, ehe die Schwester wiederkam, und sie schien viel unruhi- 20
ger als sonst. Er erkannte daraus, daß ihr sein Anblick noch
immer unerträglich war und ihr auch weiterhin unerträglich bleiben müsse und daß sie sich wohl sehr überwinden mußte, vor
dem Anblick auch nur der kleinen Partie seines Körpers nicht da-
vonzulaufen, mit der er unter dem Kanapee hervorragte. Um ihr 25
auch diesen Anblick zu ersparen, trug er eines Tages auf seinem
Rücken — er brauchte zu dieser Arbeit vier Stunden — das Leintuch auf das Kanapee und ordnete es in einer solchen Weise an,
daß er nun gänzlich verdeckt war und daß die Schwester, selbst
wenn sie sich bückte, ihn nicht sehen konnte. Wäre dieses Lein- 30
tuch ihrer Meinung nach nicht nötig gewesen, dann hätte sie es
ja entfernen können, denn daß es nicht zum Vergnügen Gregors
gehören konnte, sich so ganz und gar abzusperren, war doch klar
genug, aber sie ließ das Leintuch, so wie es war, und Gregor
glaubte sogar einen dankbaren Blick erhascht zu haben, als er 35
einmal mit dem Kopf vorsichtig das Leintuch ein wenig lüftete,

um nachzusehen, wie die Schwester die neue Einrichtung auf-
nahm.

In den ersten vierzehn Tagen konnten es die Eltern nicht über
sich bringen, zu ihm hereinzukommen, und er hörte oft, wie sie
5 die jetzige Arbeit der Schwester völlig anerkannten, während sie
sich bisher häufig über die Schwester geärgert hatten, weil sie
ihnen als ein etwas nutzloses Mädchen erschienen war. Nun aber
warteten oft beide, der Vater und die Mutter, vor Gregors Zimmer, während die Schwester dort aufräumte, und kaum war sie
10 herausgekommen, mußte sie ganz genau erzählen, wie es in dem
Zimmer aussah, was Gregor gegessen hatte, wie er sich diesmal
benommen hatte, und ob vielleicht eine kleine Besserung zu bemerken war. Die Mutter übrigens wollte verhältnismäßig bald
Gregor besuchen, aber der Vater und die Schwester hielten sie zu-
15 erst mit Vernunftgründen zurück, denen Gregor sehr aufmerksam zuhörte und die er vollständig billigte. Später aber mußte
man sie mit Gewalt zurückhalten, und wenn sie dann rief: »Laßt
mich doch zu Gregor, er ist ja mein unglücklicher Sohn! Begreift
ihr es denn nicht, daß ich zu ihm muß?«, dann dachte Gregor,
20 daß es vielleicht doch gut wäre, wenn die Mutter hereinkäme,
nicht jeden Tag natürlich, aber vielleicht einmal in der Woche;
sie verstand doch alles viel besser als die Schwester, die trotz
all ihrem Mute doch nur ein Kind war und im letzten Grunde
vielleicht nur aus kindlichem Leichtsinn eine so schwere Aufgabe
25 übernommen hatte.

Der Wunsch Gregors, die Mutter zu sehen, ging bald in Erfüllung. Während des Tages wollte Gregor schon aus Rücksicht auf
seine Eltern sich nicht beim Fenster zeigen, kriechen konnte er
aber auf den paar Quadratmetern des Fußbodens auch nicht viel,
30 das ruhige Liegen ertrug er schon während der Nacht schwer, das
Essen machte ihm bald nicht mehr das geringste Vergnügen, und
so nahm er zur Zerstreuung die Gewohnheit an, kreuz und quer
über Wände und Plafond zu kriechen. Besonders oben auf der
Decke hing er gern; es war ganz anders als das Liegen auf dem
35 Fußboden; man atmete freier; ein leichtes Schwingen ging durch
den Körper; und in der fast glücklichen Zerstreutheit, in der sich

Gregor dort oben befand, konnte es geschehen, daß er zu seiner eigenen Überraschung sich losließ und auf den Boden klatschte. Aber nun hatte er natürlich seinen Körper ganz anders in der Gewalt als früher und beschädigte sich selbst bei einem so großen Falle nicht. Die Schwester nun bemerkte sofort die neue Unter- 5 haltung, die Gregor für sich gefunden hatte — er hinterließ ja auch beim Kriechen hier und da Spuren seines Klebstoffes —, und da setzte sie es sich in den Kopf, Gregor das Kriechen in größtem Ausmaße zu ermöglichen und die Möbel, die es verhinderten, also vor allem den Kasten und den Schreibtisch, wegzuschaffen. 10 Nun war sie aber nicht imstande, dies allein zu tun; den Vater wagte sie nicht um Hilfe zu bitten; das Dienstmädchen hätte ihr ganz gewiß nicht geholfen, denn dieses etwa sechzehnjährige Mädchen harrte zwar tapfer seit Entlassung der früheren Köchin aus, hatte aber um die Vergünstigung gebeten, die Küche unauf- 15 hörlich versperrt halten zu dürfen und nur auf besonderen Anruf öffnen zu müssen; so blieb der Schwester also nichts übrig, als einmal in Abwesenheit des Vaters die Mutter zu holen. Mit Ausrufen erregter Freude kam die Mutter auch heran, verstummte aber an der Tür vor Gregors Zimmer. Zuerst sah natürlich die 20 Schwester nach, ob alles im Zimmer in Ordnung war; dann erst ließ sie die Mutter eintreten. Gregor hatte in größter Eile das Leintuch noch tiefer und mehr in Falten gezogen, das Ganze sah wirklich nur wie ein zufällig über das Kanapee geworfenes Leintuch aus. Gregor unterließ auch diesmal, unter dem Leintuch zu 25 spionieren; er verzichtete darauf, die Mutter schon diesmal zu sehen, und war nur froh, daß sie nun doch gekommen war.

»Komm nur, man sieht ihn nicht«, sagte die Schwester, und offenbar führte sie die Mutter an der Hand. Gregor hörte nun, wie die zwei schwachen Frauen den immerhin schweren alten Ka- 30 sten von seinem Platze rückten und wie die Schwester immerfort den größten Teil der Arbeit für sich beanspruchte, ohne auf die Warnungen der Mutter zu hören, welche fürchtete, daß sie sich überanstrengen werde. Es dauerte sehr lange. Wohl nach schon viertelstündiger Arbeit sagte die Mutter, man solle den 35 Kasten doch lieber hier lassen, denn erstens sei er zu schwer, sie

würden vor Ankunft des Vaters nicht fertig werden und mit dem
Kasten in der Mitte des Zimmers Gregor jeden Weg verrammeln,
zweitens aber sei es doch gar nicht sicher, daß Gregor mit der
Entfernung der Möbel ein Gefallen geschehe. Ihr scheine das
5 Gegenteil der Fall zu sein; ihr bedrücke der Anblick der leeren
Wand geradezu das Herz; und warum solle nicht auch Gregor
diese Empfindung haben, da er doch an die Zimmermöbel längst
gewöhnt sei und sich deshalb im leeren Zimmer verlassen fühlen
werde. »Und ist es dann nicht so«, schloß die Mutter ganz leise,
10 wie sie überhaupt fast flüsterte, als wolle sie vermeiden, daß Gregor, dessen genauen Aufenthalt sie ja nicht kannte, auch nur den
Klang der Stimme höre, denn daß er die Worte nicht verstand,
davon war sie überzeugt, »und ist es nicht so, als ob wir durch
die Entfernung der Möbel zeigten, daß wir jede Hoffnung auf
15 Besserung aufgeben und ihn rücksichtslos sich selbst überlassen?
Ich glaube, es wäre das beste, wir suchen das Zimmer genau in
dem Zustand zu erhalten, in dem es früher war, damit Gregor,
wenn er wieder zu uns zurückkommt, alles unverändert findet
und um so leichter die Zwischenzeit vergessen kann.«
20 Beim Anhören dieser Worte der Mutter erkannte Gregor, daß
der Mangel jeder unmittelbaren menschlichen Ansprache, ver-
bunden mit dem einförmigen Leben inmitten der Familie, im
Laufe dieser zwei Monate seinen Verstand hatte verwirren müssen, denn anders konnte er es sich nicht erklären, daß er ernsthaft
25 danach hatte verlangen können, daß sein Zimmer ausgeleert
würde. Hatte er wirklich Lust, das warme, mit ererbten Möbeln
gemütlich ausgestattete Zimmer in eine Höhle verwandeln zu lassen, in der er dann freilich nach allen Richtungen ungestört
würde kriechen können, jedoch auch unter gleichzeitigem schnel-
30 len, gänzlichen Vergessen seiner menschlichen Vergangenheit?
War er doch jetzt schon nahe daran, zu vergessen, und nur die
seit langem nicht gehörte Stimme der Mutter hatte ihn aufgerüt-
telt. Nichts sollte entfernt werden; alles mußte bleiben; die guten
Einwirkungen der Möbel auf seinen Zustand konnte er nicht ent-
35 behren; und wenn die Möbel ihn hinderten, das sinnlose Herum-

kriechen zu betreiben, so war es kein Schaden, sondern ein großer Vorteil.

Aber die Schwester war leider anderer Meinung; sie hatte sich,
allerdings nicht ganz unberechtigt, angewöhnt, bei Besprechung
der Angelegenheiten Gregors als besonders Sachverständige ge- 5
genüber den Eltern aufzutreten, und so war auch jetzt der Rat
der Mutter für die Schwester Grund genug, auf der Entfernung
nicht nur des Kastens und des Schreibtisches, an die sie zuerst
allein gedacht hatte, sondern auf der Entfernung sämtlicher Möbel, mit Ausnahme des unentbehrlichen Kanapees, zu bestehen. 10
Es war natürlich nicht nur kindlicher Trotz und das in der letzten Zeit so unerwartet und schwer erworbene Selbstvertrauen,
das sie zu dieser Forderung bestimmte; sie hatte doch auch
tatsächlich beobachtet, daß Gregor viel Raum zum Kriechen
brauchte, dagegen die Möbel, soweit man sehen konnte, nicht 15
im geringsten benützte. Vielleicht aber spielte auch der schwär-
merische Sinn der Mädchen ihres Alters mit, der bei jeder Gelegenheit seine Befriedigung sucht und durch den Grete jetzt
sich dazu verlocken ließ, die Lage Gregors noch schreckener-
regender machen zu wollen, um dann noch mehr als bis jetzt für 20
ihn leisten zu können. Denn in einen Raum, in dem Gregor ganz
allein die leeren Wände beherrschte, würde wohl kein Mensch
außer Grete jemals einzutreten sich getrauen.

Und so ließ sie sich von ihrem Entschlusse durch die Mutter
nicht abbringen, die auch in diesem Zimmer vor lauter Unruhe 25
unsicher schien, bald verstummte und der Schwester nach Kräf-
ten beim Hinausschaffen des Kastens half. Nun, den Kasten
konnte Gregor im Notfall noch entbehren, aber schon der
Schreibtisch mußte bleiben. Und kaum hatten die Frauen mit dem
Kasten, an den sie sich ächzend drückten, das Zimmer verlassen, 30
als Gregor den Kopf unter dem Kanapee hervorstieß, um zu
sehen, wie er vorsichtig und möglichst rücksichtsvoll eingreifen
könnte. Aber zum Unglück war es gerade die Mutter, welche zuerst zurückkehrte, während Grete im Nebenzimmer den Kasten
umfangen hielt und ihn allein hin und her schwang, ohne ihn 35
natürlich von der Stelle zu bringen. Die Mutter aber war Gregors

Anblick nicht gewöhnt, er hätte sie krank machen können, und
so eilte Gregor erschrocken im Rückwärtslauf bis an das andere
Ende des Kanapees, konnte es aber nicht mehr verhindern, daß
das Leintuch vorne ein wenig sich bewegte. Das genügte, um die
5 Mutter aufmerksam zu machen. Sie stockte, stand einen Augenblick still und ging dann zu Grete zurück.

Trotzdem sich Gregor immer wieder sagte, daß ja nichts
Außergewöhnliches geschehe, sondern nur ein paar Möbel um-
gestellt würden, wirkte doch, wie er sich bald eingestehen mußte,
10 dieses Hin- und Hergehen der Frauen, ihre kleinen Zurufe, das
Kratzen der Möbel auf dem Boden, wie ein großer, von allen
Seiten genährter Trubel auf ihn, und er mußte sich, so fest er
Kopf und Beine an sich zog und den Leib bis an den Boden
drückte, unweigerlich sagen, daß er das Ganze nicht lange aus-
15 halten werde. Sie räumten ihm sein Zimmer aus; nahmen ihm
alles, was ihm lieb war; den Kasten, in dem die Laubsäge und
andere Werkzeuge lagen, hatten sie schon hinausgetragen; lok-
kerten jetzt den schon im Boden fest eingegrabenen Schreibtisch,
an dem er als Handelsakademiker, als Bürgerschüler, ja sogar
20 schon als Volksschüler seine Aufgaben geschrieben hatte — da
hatte er wirklich keine Zeit mehr, die guten Absichten zu prüfen, welche die zwei Frauen hatten, deren Existenz er übrigens
fast vergessen hatte, denn vor Erschöpfung arbeiteten sie schon
stumm, und man hörte nur das schwere Tappen ihrer Füße.

25 Und so brach er denn hervor — die Frauen stützten sich gerade im Nebenzimmer an den Schreibtisch, um ein wenig zu verschnaufen —, wechselte viermal die Richtung des Laufes, er
wußte wirklich nicht, was er zuerst retten sollte, da sah er an der
im übrigen schon leeren Wand auffallend das Bild der in lauter
30 Pelzwerk gekleideten Dame hängen, kroch eilends hinauf und
preßte sich an das Glas, das ihn festhielt und seinem heißen
Bauch wohltat. Dieses Bild wenigstens, daß Gregor jetzt ganz
verdeckte, würde nun gewiß niemand wegnehmen. Er verdrehte
den Kopf nach der Tür des Wohnzimmers, um die Frauen bei
35 ihrer Rückkehr zu beobachten.

Sie hatten sich nicht viel Ruhe gegönnt und kamen schon wie-

der; Grete hatte den Arm um die Mutter gelegt und trug sie fast.
»Also was nehmen wir jetzt?« sagte Grete und sah sich um. Da
kreuzten sich ihre Blicke mit denen Gregors an der Wand. Wohl
nur infolge der Gegenwart der Mutter behielt sie ihre Fassung,
beugte ihr Gesicht zur Mutter, um diese vom Herumschauen ab- 5
zuhalten, und sagte, allerdings zitternd und unüberlegt: »Komm,
wollen wir nicht lieber auf einen Augenblick noch ins Wohnzimmer zurückgehen?« Die Absicht Gretes war für Gregor klar,
sie wollte die Mutter in Sicherheit bringen und dann ihn von der
Wand hinunterjagen. Nun, sie konnte es ja immerhin ver- 10
suchen[38]! Er saß auf seinem Bild und gab es nicht her. Lieber
würde er Grete ins Gesicht springen.

Aber Gretes Worte hatten die Mutter erst recht beunruhigt, sie
trat zur Seite, erblickte den riesigen braunen Fleck auf der ge-
blümten Tapete, rief, ehe ihr eigentlich zum Bewußtsein kam[39], 15
daß das Gregor war, was sie sah, mit schreiender, rauher Stimme:
»Ach Gott, ach Gott!« und fiel mit ausgebreiteten Armen, als
gebe sie alles auf, über das Kanapee hin und rührte sich nicht.
»Du, Gregor!« rief die Schwester mit erhobener Faust und ein-
dringlichen Blicken. Es waren seit der Verwandlung die ersten 20
Worte, die sie unmittelbar an ihn gerichtet hatte. Sie lief ins Nebenzimmer, um irgend eine Essenz zu holen, mit der sie die Mutter aus ihrer Ohnmacht wecken könnte; Gregor wollte auch helfen — zur Rettung des Bildes war noch Zeit —; er klebte aber
fest an dem Glas und mußte sich mit Gewalt losreißen; er lief 25
dann auch ins Nebenzimmer, als könne er der Schwester irgend
einen Rat geben wie in früherer Zeit; mußte dann aber untätig
hinter ihr stehen; während sie in verschiedenen Fläschchen
kramte, erschreckte sie noch, als sie sich umdrehte; eine Flasche
fiel auf den Boden und zerbrach; ein Splitter verletzte Gregor im 30
Gesicht, irgend eine ätzende Medizin umfloß ihn; Grete nahm
nun, ohne sich länger aufzuhalten, soviel Fläschchen, als sie nur
halten konnte, und rannte mit ihnen zur Mutter hinein; die Tür
schlug sie mit dem Fuße zu. Gregor war nun von der Mutter ab-

38. *sie konnte . . . versuchen!* — just let her try it!
39. *ehe ihr . . . kam* — before she properly realized

geschlossen, die durch seine Schuld vielleicht dem Tode nahe
war; die Tür durfte er nicht öffnen, wollte er die Schwester, die
bei der Mutter bleiben mußte, nicht verjagen; er hatte jetzt nichts
zu tun als zu warten; und von Selbstvorwürfen und Besorgnis
5 bedrängt, begann er zu kriechen, überkroch alles, Wände, Möbel
und Zimmerdecke und fiel endlich in seiner Verzweiflung, als
sich das ganze Zimmer schon um ihn zu drehen anfing, mitten
auf den großen Tisch.

Es verging eine kleine Weile, Gregor lag matt da, ringsherum
10 war es still, vielleicht war das ein gutes Zeichen. Da läutete es.
Das Mädchen war natürlich in ihrer Küche eingesperrt, und
Grete mußte daher öffnen gehen. Der Vater war gekommen.
»Was ist geschehen?« waren seine ersten Worte; Gretes Aussehen hatte ihm wohl alles verraten. Grete antwortete mit dump-
15 fer Stimme, offenbar drückte sie ihr Gesicht an des Vaters Brust:
»Die Mutter war ohnmächtig, aber es geht ihr schon besser. Gregor ist ausgebrochen.« — »Ich habe es ja erwartet«, sagte der
Vater, »ich habe es euch ja immer gesagt, aber ihr Frauen wollt
nicht hören.« Gregor war es klar, daß der Vater Gretes allzu
20 kurze Mitteilung schlecht ge ˈutet hatte und annahm, daß Gregor sich irgend eine Gewalttat habe zuschulden kommen lassen[40].
Deshalb mußte Gregor den Vater jetzt zu besänftigen suchen,
denn ihn aufzuklären hatte er weder Zeit noch Möglichkeit. Und
so flüchtete er sich zur Tür seines Zimmers und drückte sich an
25 sie, damit der Vater beim Eintritt vom Vorzimmer her gleich
sehen könne, daß Gregor die beste Absicht habe, sofort in sein
Zimmer zurückzukehren, und daß es nicht nötig sei, ihn zurückzutreiben, sondern daß man nur die Tür zu öffnen brauche, und
gleich werde er verschwinden.

30 Aber der Vater war nicht in der Stimmung, solche Feinheiten
zu bemerken; »Ah!« rief er gleich beim Eintritt in einem Tone,
als sei er gleichzeitig wütend und froh. Gregoɩ zog den Kopf von
der Tür zurück und hob ihn gegen den Vater. So hatte er sich
den Vater wirklich nicht vorgestellt, wie er jetzt dastand; aller-
35 dings hatte er in der letzten Zeit über dem neuartigen Herum-

40. *habe zuschulden kommen lassen* — had made himself guilty of

kriechen versäumt, sich so wie früher um die Vorgänge in der
übrigen Wohnung zu kümmern, und hätte eigentlich darauf gefaßt sein müssen, veränderte Verhältnisse anzutreffen. Trotzdem,
trotzdem, war das noch der Vater? Der gleiche Mann, der müde
im Bett vergraben lag, wenn früher Gregor zu einer Geschäfts- 5
reise ausgerückt war; der ihn an Abenden der Heimkehr im
Schlafrock im Lehnstuhl empfangen hatte; gar nicht recht imstande war, aufzustehen, sondern zum Zeichen der Freude nur
die Arme gehoben hatte, und der bei den seltenen gemeinsamen
Spaziergängen an ein paar Sonntagen im Jahr und an den höch- 10
sten Feiertagen zwischen Gregor und der Mutter, die schon an
und für sich langsam gingen, immer noch ein wenig langsamer,
in seinen alten Mantel eingepackt, mit stets vorsichtig aufgesetz-
tem Krückstock sich vorwärts arbeitete und, wenn er etwas sagen
wollte, fast immer stillstand und seine Begleitung um sich ver- 15
sammelte? Nun aber war er recht gut aufgerichtet; in eine straffe
blaue Uniform mit Goldknöpfen gekleidet, wie sie Diener der
Bankinstitute tragen; über dem hohen steifen Kragen des Rockes
entwickelte sich sein starkes Doppelkinn; unter den buschigen
Augenbrauen drang der Blick der schwarzen Augen frisch und 20
aufmerksam hervor; das sonst zerzauste weiße Haar war zu einer
peinlich genauen, leuchtenden Scheitelfrisur niedergekämmt. Er
warf seine Mütze, auf der ein Goldmonogramm, wahrscheinlich
das einer Bank, angebracht war, über das ganze Zimmer im Bogen auf das Kanapee hin und ging, die Enden seines langen Uni- 25
formrockes zurückgeschlagen, die Hände in den Hosentaschen,
mit verbissenem Gesicht auf Gregor zu. Er wußte wohl selbst
nicht, was er vorhatte; immerhin hob er die Füße ungewöhnlich
hoch, und Gregor staunte über die Riesengröße seiner Stiefelsoh-
len. Doch hielt er sich dabei nicht auf, er wußte ja noch vom 30
ersten Tage seines neuen Lebens her, daß der Vater ihm gegenüber nur die größte Strenge für angebracht ansah. Und so lief er
vor dem Vater her, stockte, wenn der Vater stehenblieb, und eilte
schon wieder vorwärts, wenn sich der Vater nur rührte. So machten sie mehrmals die Runde um das Zimmer, ohne daß sich etwas 35
Entscheidendes ereignete, ja ohne daß das Ganze infolge seines

langsamen Tempos den Anschein einer Verfolgung gehabt hätte.

Deshalb blieb auch Gregor vorläufig auf dem Fußboden, zumal er fürchtete, der Vater könnte eine Flucht auf die Wände oder den Plafond für besondere Bosheit halten. Allerdings 5 mußte sich Gregor sagen, daß er sogar dieses Laufen nicht lange aushalten würde; denn während der Vater einen Schritt machte, mußte er eine Unzahl von Bewegungen ausführen. Atemnot begann sich schon bemerkbar zu machen, wie er ja auch in seiner früheren Zeit keine ganz vertrauenswürdige Lunge besessen 10 hatte. Als er nun so dahintorkelte, um alle Kräfte für den Lauf zu sammeln, kaum die Augen offenhielt; in seiner Stumpfheit an eine andere Rettung als durch Laufen gar nicht dachte; und fast schon vergessen hatte, daß ihm die Wände freistanden, die hier allerdings mit sorgfältig geschnitzten Möbeln voll Zacken und 15 Spitzen verstellt waren — da flog knapp neben ihm, leicht geschleudert, irgend etwas nieder und rollte vor ihm her. Es war ein Apfel; gleich flog ihm ein zweiter nach; Gregor blieb vor Schrecken stehen; ein Weiterlaufen war nutzlos, denn der Vater hatte sich entschlossen, ihn zu bombardieren. Aus der Obstschale 20 auf der Kredenz hatte er sich die Taschen gefüllt und warf nun, ohne vorläufig scharf zu zielen, Apfel für Apfel. Diese kleinen roten Äpfel rollten wie elektrisiert auf dem Boden herum und stießen aneinander. Ein schwach geworfener Apfel streifte Gregors Rücken, glitt aber unschädlich ab. Ein ihm sofort nachflie-25 gender drang dagegen förmlich in Gregors Rücken ein; Gregor wollte sich weiterschleppen, als könne der überraschende, unglaubliche Schmerz mit dem Ortswechsel vergehen; doch fühlte er sich wie festgenagelt und streckte sich in vollständiger Verwirrung aller Sinne. Nur mit dem letzten Blick sah er noch, wie 30 die Tür seines Zimmers aufgerissen wurde und vor der schreienden Schwester die Mutter hervoreilte, im Hemd, denn die Schwester hatte sie entkleidet, um ihr in der Ohnmacht Atemfreiheit zu verschaffen, wie dann die Mutter auf den Vater zulief und ihr auf dem Weg die aufgebundenen Röcke einer nach dem anderen 35 zu Boden glitten, und wie sie stolpernd über die Röcke auf den Vater eindrang und, ihn umarmend, in gänzlicher Vereinigung mit ihm — nun versagte aber Gregors Sehkraft schon — die Hände an des Vaters Hinterkopf um Schonung von Gregors Leben bat.

III

Die schwere Verwundung Gregors, an der er über
einen Monat litt — der Apfel blieb, da ihn niemand zu entfernen wagte, als sichtbares Andenken im Fleische sitzen —, schien
selbst den Vater daran erinnert zu haben, daß Gregor trotz seiner
gegenwärtigen traurigen und ekelhaften Gestalt ein Familien- 5
mitglied war, das man nicht wie einen Feind behandeln durfte,
sondern demgegenüber es das Gebot der Familienpflicht war, den
Widerwillen hinunterzuschlucken und zu dulden, nichts als zu
dulden.

Und wenn nun auch Gregor durch seine Wunde an Beweg- 10
lichkeit wahrscheinlich für immer verloren hatte und vorläufig
zur Durchquerung seines Zimmers wie ein alter Invalide lange,
lange Minuten brauchte — an das Kriechen in der Höhe war
nicht zu denken —, so bekam er für diese Verschlimmerung
seines Zustandes einen seiner Meinung nach vollständig genü- 15
genden Ersatz dadurch, daß immer gegen Abend die Wohnzimmertür, die er schon ein bis zwei Stunden vorher scharf zu
beobachten pflegte, geöffnet wurde, so daß er, im Dunkel seines
Zimmers liegend, vom Wohnzimmer aus unsichtbar, die ganze
Familie beim beleuchteten Tische sehen und ihre Reden, gewis- 20
sermaßen mit allgemeiner Erlaubnis, also ganz anders als früher,
anhören durfte.

Freilich waren es nicht mehr die lebhaften Unterhaltungen

der früheren Zeiten, an die Gregor in den kleinen Hotelzimmern
stets mit einigem Verlangen gedacht hatte, wenn er sich müde in
das feuchte Bettzeug hatte werfen müssen. Es ging jetzt meist nur
sehr still zu. Der Vater schlief bald nach dem Nachtessen in sei-
5 nem Sessel ein; die Mutter und Schwester ermahnten einander
zur Stille; die Mutter nähte, weit unter das Licht vorgebeugt,
feine Wäsche für ein Modengeschäft; die Schwester, die eine
Stellung als Verkäuferin angenommen hatte, lernte am Abend
Stenographie und Französisch, um vielleicht später einmal einen
10 besseren Posten zu erreichen. Manchmal wachte der Vater auf,
und als wisse er gar nicht, daß er geschlafen habe, sagte er zur
Mutter: »Wie lange du heute schon wieder nähst!« und schlief
sofort wieder ein, während Mutter und Schwester einander müde
zulächelten.

15 Mit einer Art Eigensinn weigerte sich der Vater, auch zu
Hause seine Dieneruniform abzulegen; und während der Schlafrock nutzlos am Kleiderhaken hing, schlummerte der Vater vollständig angezogen auf seinem Platz, als sei er immer zu seinem
Dienste bereit und warte auch hier auf die Stimme des Vorgesetz-
20 ten. Infolgedessen verlor die gleich anfangs nicht neue Uniform
trotz aller Sorgfalt von Mutter und Schwester an Reinlichkeit,
und Gregor sah oft ganze Abende lang auf dieses über und über
fleckige, mit seinen stets geputzten Goldknöpfen leuchtende
Kleid, in dem der alte Mann höchst unbequem und doch ruhig
25 schlief.

Sobald die Uhr zehn schlug, suchte die Mutter durch leise Zusprache den Vater zu wecken und dann zu überreden, ins Bett zu
gehen, denn hier war es doch kein richtiger Schlaf, und diesen
hatte der Vater, der um sechs Uhr seinen Dienst antreten mußte,
30 äußerst nötig. Aber in dem Eigensinn, der ihn, seitdem er Diener
war, ergriffen hatte, bestand er immer darauf, noch länger bei
Tisch zu bleiben, trotzdem er regelmäßig einschlief, und war
dann überdies nur mit der größten Mühe zu bewegen, den Sessel
mit dem Bett zu vertauschen. Da mochten Mutter und Schwester
35 mit kleinen Ermahnungen noch so sehr auf ihn eindringen, viertelstundenlang schüttelte er langsam den Kopf, hielt die Augen

geschlossen und stand nicht auf. Die Mutter zupfte ihn am
Ärmel, sagte ihm Schmeichelworte ins Ohr, die Schwester verließ
ihre Aufgabe, um der Mutter zu helfen, aber beim Vater verfing
das nicht. Er versank nur noch tiefer in seinen Sessel. Erst als ihn
die Frauen unter den Achseln faßten, schlug er die Augen auf, 5
sah abwechselnd die Mutter und die Schwester an und pflegte zu
sagen: »Das ist ein Leben. Das ist die Ruhe meiner alten Tage.«
Und auf die beiden Frauen gestützt, erhob er sich, umständlich,
als sei er für sich selbst die größte Last, ließ sich von den Frauen
bis zur Türe führen, winkte ihnen dort ab und ging nun selb- 10
ständig weiter, während die Mutter ihr Nähzeug, die Schwester
ihre Feder eiligst hinwarfen, um hinter dem Vater zu laufen und
ihm weiter behilflich zu sein.

Wer hatte in dieser abgearbeiteten und übermüdeten Familie
Zeit, sich um Gregor mehr zu kümmern, als unbedingt nötig 15
war? Der Haushalt wurde immer mehr eingeschränkt; das
Dienstmädchen wurde nun doch entlassen; eine riesige knochige
Bedienerin mit weißem, den Kopf umflatterndem Haar kam des
Morgens und des Abends, um die schwerste Arbeit zu leisten;
alles andere besorgte die Mutter neben ihrer vielen Näharbeit. Es 20
geschah sogar, daß verschiedene Familienschmuckstücke, welche
früher die Mutter und die Schwester überglücklich bei Unterhaltungen und Feierlichkeiten getragen hatten, verkauft wurden,
wie Gregor am Abend aus der allgemeinen Besprechung der er-
zielten Preise erfuhr. Die größte Klage war aber stets, daß man 25
diese für die gegenwärtigen Verhältnisse allzu große Wohnung
nicht verlassen konnte, da es nicht auszudenken war, wie man
Gregor übersiedeln sollte. Aber Gregor sah wohl ein, daß es nicht
nur die Rücksicht auf ihn war, welche eine Übersiedlung verhinderte, denn ihn hätte man doch in einer passenden Kiste mit ein 30
paar Luftlöchern leicht transportieren können; was die Familie
hauptsächlich vom Wohnungswechsel abhielt, war vielmehr die
völlige Hoffnungslosigkeit und der Gedanke daran, daß sie mit
einem Unglück geschlagen war wie niemand sonst im ganzen
Verwandten- und Bekanntenkreis. Was die Welt von armen Leu- 35
ten verlangte, erfüllten sie bis zum Äußersten, der Vater holte den

kleinen Bankbeamten das Frühstück, die Mutter opferte sich für
die Wäsche fremder Leute, die Schwester lief nach dem Befehl
der Kunden hinter dem Pulte hin und her, aber weiter reichten
die Kräfte der Familie schon nicht. Und die Wunde im Rücken
5 fing Gregor wie neu zu schmerzen an, wenn Mutter und Schwester, nachdem sie den Vater zu Bett gebracht hatten, nun zurück-
kehrten, die Arbeit liegenließen, nahe zusammenrückten, schon
Wange an Wange saßen; wenn jetzt die Mutter, auf Gregors
Zimmer zeigend, sagte: »Mach dort die Tür zu, Grete«, und
10 wenn nun Gregor wieder im Dunkel war, während nebenan die
Frauen ihre Tränen vermischten oder gar tränenlos den Tisch an-
starrten.

Die Nächte und Tage verbrachte Gregor fast ganz ohne
Schlaf. Manchmal dachte er daran, beim nächsten Öffnen der Tür
15 die Angelegenheiten der Familie ganz so wie früher wieder in
die Hand zu nehmen; in seinen Gedanken erschienen wieder
nach langer Zeit der Chef und der Prokurist, die Kommis und
die Lehrjungen, der so begriffsstutzige Hausknecht, zwei, drei
Freunde aus anderen Geschäften, ein Stubenmädchen aus einem
20 Hotel in der Provinz, eine liebe, flüchtige Erinnerung, eine Kassiererin aus einem Hutgeschäft, um die er sich ernsthaft, aber zu
langsam beworben hatte — sie alle erschienen untermischt mit
Fremden oder schon Vergessenen, aber statt ihm und seiner Familie zu helfen, waren sie sämtlich unzugänglich, und er war
25 froh, wenn sie verschwanden. Dann aber war er wieder gar nicht
in der Laune, sich um seine Familie zu sorgen, bloß Wut über die
schlechte Wartung erfüllte ihn, und trotzdem er sich nichts vor-
stellen konnte, worauf er Appetit gehabt hätte, machte er doch
Pläne, wie er in die Speisekammer gelangen könnte, um dort zu
30 nehmen, was ihm, auch wenn er keinen Hunger hatte, immerhin
gebührte. Ohne jetzt mehr nachzudenken, womit man Gregor
einen besonderen Gefallen machen könnte, schob die Schwester
eiligst, ehe sie morgens und mittags ins Geschäft lief, mit dem
Fuß irgend eine beliebige Speise in Gregors Zimmer hinein, um
35 sie am Abend, gleichgültig dagegen, ob die Speise vielleicht nur
verkostet oder — der häufigste Fall — gänzlich unberührt war,

mit einem Schwenken des Besens hinauszukehren. Das Aufräumen des Zimmers, das sie nun immer abends besorgte, konnte
gar nicht mehr schneller getan sein. Schmutzstreifen zogen sich
die Wände entlang, hie und da lagen Knäuel von Staub und
Unrat.   5

In der ersten Zeit stellte sich Gregor bei der Ankunft der
Schwester in derartige besonders bezeichnende Winkel, um ihr
durch diese Stellung gewissermaßen einen Vorwurf zu machen.
Aber er hätte wohl wochenlang dort bleiben können, ohne daß
sich die Schwester gebessert hätte; sie sah ja den Schmutz genau- 10
so wie er, aber sie hatte sich eben entschlossen, ihn zu lassen. Dabei wachte sie mit einer an ihr ganz neuen Empfindlichkeit, die
überhaupt die ganze Familie ergriffen hatte, darüber, daß das
Aufräumen von Gregors Zimmer ihr vorbehalten blieb. Einmal
hatte die Mutter Gregors Zimmer einer großen Reinigung unter- 15
zogen, die ihr nur nach Verbrauch einiger Kübel Wasser gelun-
gen war — die viele Feuchtigkeit kränkte allerdings Gregor auch,
und er lag breit, verbittert und unbeweglich auf dem Kanapee —,
aber die Strafe blieb für die Mutter nicht aus. Denn kaum hatte
am Abend die Schwester die Veränderung in Gregors Zimmer 20
bemerkt, als sie, aufs höchste beleidigt, ins Wohnzimmer lief und
trotz der beschwörend erhobenen Hände der Mutter in einen
Weinkrampf ausbrach, dem die Eltern — der Vater war natürlich aus seinem Sessel aufgeschreckt worden — zuerst erstaunt
und hilflos zusahen; bis auch sie sich zu rühren anfingen; der 25
Vater rechts der Mutter Vorwürfe machte, daß sie Gregors Zimmer nicht der Schwester zur Reinigung überließ; links dagegen
die Schwester anschrie, sie werde niemals mehr Gregors Zimmer
reinigen dürfen; während die Mutter den Vater, der sich vor Erregung nicht mehr kannte, ins Schlafzimmer zu schleppen suchte; 30
die Schwester, von Schluchzen geschüttelt, mit ihren kleinen
Fäusten den Tisch bearbeitete; und Gregor laut vor Wut darüber
zischte, daß es keinem einfiel, die Tür zu schließen und ihm diesen Anblick und Lärm zu ersparen.

Aber selbst wenn die Schwester, erschöpft von ihrer Berufs- 35
arbeit, dessen überdrüssig geworden war, für Gregor wie früher zu

sorgen, so hätte noch keineswegs die Mutter für sie eintreten müssen, und Gregor hätte doch nicht vernachlässigt zu werden brauchen. Denn nun war die Bedienerin da. Diese alte Witwe, die in ihrem langen Leben mit Hilfe ihres starken Knochenbaues das
5 Ärgste überstanden haben mochte, hatte keinen eigentlichen Abscheu vor Gregor. Ohne irgendwie neugierig zu sein, hatte sie zufällig einmal die Tür von Gregors Zimmer aufgemacht und war im Anblick Gregors, der, gänzlich überrascht, trotzdem ihn niemand jagte, hin und her zu laufen begann, die Hände im
10 Schoß gefaltet, staunend stehengeblieben. Seit dem versäumte sie nicht, stets flüchtig morgens und abends die Tür ein wenig zu öffnen und zu Gregor hineinzuschauen. Anfangs rief sie ihn auch zu sich herbei, mit Worten, die sie wahrscheinlich für freundlich hielt, wie »Komm mal herüber, alter Mistkäfer!« oder »Seht
15 mal den alten Mistkäfer!« Auf solche Ansprachen antwortete Gregor mit nichts, sondern blieb unbeweglich auf seinem Platz, als sei die Tür gar nicht geöffnet worden. Hätte man doch dieser Bedienerin, statt sie nach ihrer Laune ihn nutzlos stören zu lassen, lieber den Befehl gegeben, sein Zimmer täglich zu reinigen!
20 Einmal am frühen Morgen — ein heftiger Regen, vielleicht schon ein Zeichen des kommenden Frühjahrs, schlug an die Scheiben — war Gregor, als die Bedienerin mit ihren Redensarten wieder begann, derartig erbittert, daß er, wie zum Angriff, allerdings langsam und hinfällig, sich gegen sie wendete. Die Be-
25 dienerin aber, statt sich zu fürchten, hob bloß einen in der Nähe der Tür befindlichen Stuhl hoch empor, und wie sie mit groß geöffnetem Munde dastand, war ihre Absicht klar, den Mund erst zu schließen, wenn der Sessel in ihrer Hand auf Gregors Rücken niederschlagen würde. »Also weiter geht es nicht[41]?« fragte sie,
30 als Gregor sich wieder umdrehte, und stellte den Sessel ruhig in die Ecke zurück.

Gregor aß nun fast gar nichts mehr. Nur wenn er zufällig an der vorbereiteten Speise vorüberkam, nahm er zum Spiel einen Bissen in den Mund, hielt ihn dort stundenlang und spie ihn
35 dann meist wieder aus. Zuerst dachte er, es sei die Trauer über

41. »*Also . . . nicht?*« — "So you're not going through with it?"

den Zustand seines Zimmers, die ihn vom Essen abhalte, aber gerade mit den Veränderungen des Zimmers söhnte er sich sehr bald aus. Man hatte sich angewöhnt, Dinge, die man anderswo nicht unterbringen konnte, in dieses Zimmer hineinzustellen, und solcher Dinge gab es nun viele, da man ein Zimmer der 5 Wohnung an drei Zimmerherren vermietet hatte. Diese ernsten Herren — alle drei hatten Vollbärte, wie Gregor einmal durch eine Türspalte feststellte — waren peinlich auf Ordnung, nicht nur in ihrem Zimmer, sondern, da sie sich nun einmal hier eingemietet hatten, in der ganzen Wirtschaft, also insbesondere in 10 der Küche, bedacht. Unnützen oder gar schmutzigen Kram ertrugen sie nicht. Überdies hatten sie zum größten Teil ihre eigenen Einrichtungsstücke mitgebracht. Aus diesem Grunde waren viele Dinge überflüssig geworden, die zwar nicht verkäuflich waren, die man aber auch nicht wegwerfen wollte. Alle diese wanderten 15 in Gregors Zimmer. Ebenso die Aschenkiste und die Abfallkiste aus der Küche. Was nur im Augenblick unbrauchbar war, schleuderte die Bedienerin, die es immer sehr eilig hatte, einfach in Gregors Zimmer; Gregor sah glücklicherweise meist nur den betreffenden Gegenstand und die Hand, die ihn hielt. Die Bedie- 20 nerin hatte vielleicht die Absicht, bei Zeit und Gelegenheit die Dinge wieder zu holen oder alle insgesamt mit einemmal hinauszuwerfen, tatsächlich aber blieben sie dort liegen, wohin sie durch den ersten Wurf gekommen waren, wenn nicht Gregor sich durch das Rumpelzeug wand und es in Bewegung brachte, 25 zuerst gezwungen, weil kein sonstiger Platz zum Kriechen frei war, später aber mit wachsendem Vergnügen, obwohl er nach solchen Wanderungen, zum Sterben müde und traurig, wieder stundenlang sich nicht rührte.

Da die Zimmerherren manchmal auch ihr Abendessen zu 30 Hause im gemeinsamen Wohnzimmer einnahmen, blieb die Wohnzimmertür an manchen Abenden geschlossen, aber Gregor verzichtete ganz leicht auf das Öffnen der Tür, hatte er doch schon manche Abende, an denen sie geöffnet war, nicht ausgenützt, sondern war, ohne daß es die Familie merkte, im dun- 35 kelsten Winkel seines Zimmers gelegen. Einmal aber hatte die

Bedienerin die Tür zum Wohnzimmer ein wenig offengelassen;
und sie blieb so offen, auch als die Zimmerherren am Abend ein-
traten und Licht gemacht wurde. Sie setzten sich oben an den
Tisch, wo in früheren Zeiten der Vater, die Mutter und Gregor
5 gegessen hatten, entfalteten die Servietten und nahmen Messer
und Gabel in die Hand. Sofort erschien in der Tür die Mutter
mit einer Schüssel Fleisch und knapp hinter ihr die Schwester mit
einer Schüssel hochgeschichteter Kartoffeln. Das Essen dampfte
mit starkem Rauch. Die Zimmerherren beugten sich über die vor
10 sie hingestellten Schüsseln, als wollten sie sie vor dem Essen prüfen, und tatsächlich zerschnitt der, welcher in der Mitte saß und
den anderen zwei als Autorität zu gelten schien, ein Stück Fleisch
noch auf der Schüssel, offenbar um festzustellen, ob es mürbe
genug sei und ob es nicht etwa in die Küche zurückgeschickt
15 werden solle. Er war befriedigt, und Mutter und Schwester, die
gespannt zugesehen hatten, begannen aufatmend zu lächeln.

Die Familie selbst aß in der Küche. Trotzdem kam der Vater,
ehe er in die Küche ging, in dieses Zimmer herein und machte
mit einer einzigen Verbeugung, die Kappe in der Hand, einen
20 Rundgang um den Tisch. Die Zimmerherren erhoben sich sämtlich und murmelten etwas in ihre Bärte. Als sie dann allein
waren, aßen sie fast unter vollkommenem Stillschweigen. Sonderbar schien es Gregor, daß man aus allen mannigfachen Ge-
räuschen des Essens immer wieder ihre kauenden Zähne heraus-
25 hörte, als ob damit Gregor gezeigt werden sollte, daß man Zähne
brauche, um zu essen, und daß man auch mit den schönsten zahn-
losen Kiefern nichts ausrichten könne. ›Ich habe ja Appetit‹,
sagte sich Gregor sorgenvoll, ›aber nicht auf diese Dinge. Wie
sich diese Zimmerherren nähren, und ich komme um!

30   Gerade an diesem Abend — Gregor erinnerte sich nicht, während der ganzen Zeit die Violine gehört zu haben — ertönte sie
von der Küche her. Die Zimmerherren hatten schon ihr Nachtmahl beendet, der mittlere hatte eine Zeitung hervorgezogen, den
zwei anderen je ein Blatt gegeben, und nun lasen sie zurück-
35 gelehnt und rauchten. Als die Violine zu spielen begann, wurden
sie aufmerksam, erhoben sich und gingen auf den Fußspitzen zur

Vorzimmertür, in der sie aneinandergedrängt stehenblieben. Man
mußte sie von der Küche aus gehört haben, denn der Vater rief:
»Ist den Herren das Spiel vielleicht unangenehm? Es kann sofort
eingestellt werden.« — »Im Gegenteil«, sagte der mittlere der
Herren, »möchte das Fräulein nicht zu uns hereinkommen und 5
hier im Zimmer spielen, wo es doch viel bequemer und gemüt-
licher ist?« — »O bitte«, rief der Vater, als sei er der Violin-
spieler. Die Herren traten ins Zimmer zurück und warteten. Bald
kam der Vater mit dem Notenpult, die Mutter mit den Noten
und die Schwester mit der Violine. Die Schwester bereitete alles 10
ruhig zum Spiele vor; die Eltern, die niemals früher Zimmer vermietet hatten und deshalb die Höflichkeit gegen die Zimmerherren übertrieben, wagten gar nicht, sich auf ihre eigenen Sessel
zu setzen; der Vater lehnte an der Tür, die rechte Hand zwischen
zwei Knöpfe des geschlossenen Livreerockes gesteckt; die Mutter 15
aber erhielt von einem Herrn einen Sessel angeboten und saß, da
sie den Sessel dort ließ, wohin ihn der Herr zufällig gestellt
hatte, abseits in einem Winkel.

Die Schwester begann zu spielen; Vater und Mutter verfolgten, jeder von seiner Seite, aufmerksam die Bewegungen ihrer 20
Hände. Gregor hatte, von dem Spiele angezogen, sich ein wenig
weiter vorgewagt und war schon mit dem Kopf im Wohnzimmer. Er wunderte sich kaum darüber, daß er in letzter Zeit so
wenig Rücksicht auf die andern nahm; früher war diese Rücksichtnahme sein Stolz gewesen. Und dabei hätte er gerade jetzt 25
mehr Grund gehabt, sich zu verstecken, denn infolge des Staubes,
der in seinem Zimmer überall lag und bei der kleinsten Bewegung umherflog, war auch er ganz staubbedeckt; Fäden, Haare,
Speiseüberreste schleppte er auf seinem Rücken und an den Seiten mit sich herum; seine Gleichgültigkeit gegen alles war viel zu 30
groß, als daß er sich, wie früher mehrmals während des Tages,
auf den Rücken gelegt und am Teppich gescheuert hätte. Und
trotz dieses Zustandes hatte er keine Scheu, ein Stück auf dem
makellosen Fußboden des Wohnzimmers vorzurücken.

Allerdings achtete auch niemand auf ihn. Die Familie war 35
gänzlich vom Violinspiel in Anspruch genommen; die Zimmer-

herren dagegen, die zunächst, die Hände in den Hosentaschen,
viel zu nahe hinter dem Notenpult der Schwester sich aufgestellt
hatten, so daß sie alle in die Noten hätten sehen können, was
sicher die Schwester stören mußte, zogen sich bald unter halb-
5 lauten Gesprächen mit gesenkten Köpfen zum Fenster zurück,
wo sie, vom Vater besorgt beobachtet, auch blieben. Es hatte
nun wirklich den überdeutlichen Anschein, als wären sie in ihrer
Annahme, ein schönes oder unterhaltendes Violinspiel zu hören,
enttäuscht, hätten die ganze Vorführung satt und ließen sich nur
10 aus Höflichkeit noch in ihrer Ruhe stören. Besonders die Art,
wie sie alle aus Nase und Mund den Rauch ihrer Zigarren in die
Höhe bliesen, ließ auf große Nervosität schließen[42]. Und doch
spielte die Schwester so schön. Ihr Gesicht war zur Seite geneigt,
prüfend und traurig folgten ihre Blicke den Notenzeilen. Gregor
15 kroch noch ein Stück vorwärts und hielt den Kopf eng an den
Boden, um möglicherweise ihren Blicken begegnen zu können.
War er ein Tier, da ihn Musik so ergriff? Ihm war, als zeige
sich ihm der Weg zu der ersehnten unbekannten Nahrung.
Er war entschlossen, bis zur Schwester vorzudringen, sie am Rock
20 zu zupfen und ihr dadurch anzudeuten, sie möge doch mit ihrer
Violine in sein Zimmer kommen, denn niemand lohnte hier das
Spiel so, wie er es lohnen wollte. Er wollte sie nicht mehr aus
seinem Zimmer lassen, wenigstens nicht, solange er lebte; seine
Schreckgestalt sollte ihm zum erstenmal nützlich werden; an
25 allen Türen seines Zimmers wollte er gleichzeitig sein und den
Angreifern entgegenfauchen; die Schwester aber sollte nicht gezwungen, sondern freiwillig bei ihm bleiben; sie sollte neben
ihm auf dem Kanapee sitzen, das Ohr zu ihm herunterneigen,
und er wollte ihr dann anvertrauen, daß er die feste Absicht
30 gehabt habe, sie auf das Konservatorium zu schicken, und daß er
dies, wenn nicht das Unglück dazwischengekommen wäre, ver-
gangene Weihnachten — Weihnachten war doch wohl schon
vorüber? — allen gesagt hätte, ohne sich um irgend welche
Widerreden zu kümmern. Nach dieser Erklärung würde die
35 Schwester in Tränen der Rührung ausbrechen, und Gregor würde

42. *ließ . . . schließen* — made one surmise their great nervousness

sich bis zu ihrer Achsel erheben und ihren Hals küssen, den sie, seitdem sie ins Geschäft ging, frei ohne Band oder Kragen trug.

»Herr Samsa!« rief der mittlere Herr dem Vater zu und zeigte, ohne ein weiteres Wort zu verlieren, mit dem Zeigefinger auf den langsam sich vorwärts bewegenden Gregor. Die Violine ver- stummte, der mittlere Zimmerherr lächelte erst einmal kopf- schüttelnd seinen Freunden zu und sah dann wieder auf Gregor hin. Der Vater schien es für nötiger zu halten, statt Gregor zu vertreiben, vorerst die Zimmerherren zu beruhigen, trotzdem diese gar nicht aufgeregt waren und Gregor sie mehr als das 10 Violinspiel zu unterhalten schien. Er eilte zu ihnen und suchte sie mit ausgebreiteten Armen in ihr Zimmer zu drängen und gleichzeitig mit seinem Körper ihnen den Ausblick auf Gregor zu nehmen. Sie wurden nun tatsächlich ein wenig böse, man wußte nicht mehr, ob über das Benehmen des Vaters oder über 15 die ihnen jetzt aufgehende Erkenntnis, ohne es zu wissen, einen solchen Zimmernachbarn wie Gregor besessen zu haben. Sie ver- langten vom Vater Erklärungen, hoben ihrerseits die Arme, zupften unruhig an ihren Bärten und wichen nur langsam gegen ihr Zimmer zurück. Inzwischen hatte die Schwester die Verloren- 20 heit, in die sie nach dem plötzlich abgebrochenen Spiel verfallen war, überwunden, hatte sich, nachdem sie eine Zeitlang in den lässig hängenden Händen Violine und Bogen gehalten und wei- ter, als spiele sie noch, in die Noten gesehen hatte, mit einemmal aufgerafft, hatte das Instrument auf den Schoß der Mutter gelegt, 25 die in Atembeschwerden mit heftig arbeitenden Lungen noch auf ihrem Sessel saß, und war in das Nebenzimmer gelaufen, dem sich die Zimmerherren unter dem Drängen des Vaters schon schneller näherten. Man sah, wie unter den geübten Händen der Schwester die Decken und Polster in den Betten in die Höhe 30 flogen und sich ordneten. Noch ehe die Herren das Zimmer er- reicht hatten, war sie mit dem Aufbetten fertig und schlüpfte heraus.

Der Vater schien wieder von seinem Eigensinn derartig ergrif- fen, daß er jeden Respekt vergaß, den er seinen Mietern immer- 35 hin schuldete. Er drängte nur und drängte, bis schon in der Tür

des Zimmers der mittlere der Herren donnernd mit dem Fuß
aufstampfte und dadurch den Vater zum Stehen brachte. »Ich
erkläre hiermit«, sagte er, hob die Hand und suchte mit den Blik-
ken auch die Mutter und die Schwester, »daß ich mit Rücksicht
5 auf die in dieser Wohnung und Familie herrschenden wider-
lichen Verhältnisse« — hierbei spie er kurz entschlossen auf den
Boden — »mein Zimmer augenblicklich kündige. Ich werde
natürlich auch für die Tage, die ich hier gewohnt habe, nicht das
geringste bezahlen, dagegen werde ich mir noch überlegen, ob
10 ich nicht mit irgend welchen — glauben Sie mir — sehr leicht zu
begründenden Forderungen[43] gegen Sie auftreten werde.« Er
schwieg und sah gerade vor sich hin[44], als erwarte er etwas. Tatsächlich fielen sofort seine zwei Freunde mit den Worten ein:
»Auch wir kündigen augenblicklich.« Darauf faßte er die Tür-
15 klinke und schloß mit einem Krach die Tür.

Der Vater wankte mit tastenden Händen zu seinem Sessel und
ließ sich in ihn fallen; es sah aus, als strecke er sich zu seinem
gewöhnlichen Abendschläfchen, aber das starke Nicken seines
wie haltlosen Kopfes zeigte, daß er ganz und gar nicht schlief.
20 Gregor war die ganze Zeit still auf dem Platz gelegen, auf dem
ihn die Zimmerherren ertappt hatten. Die Enttäuschung über das
Mißlingen seines Planes, vielleicht aber auch die durch das viele
Hungern verursachte Schwäche machten es ihm unmöglich, sich
zu bewegen. Er fürchtete mit einer gewissen Bestimmtheit schon
25 für den nächsten Augenblick einen allgemeinen über ihn sich
entladenden Zusammensturz und wartete. Nicht einmal die Violine schreckte ihn auf, die, unter den zitternden Fingern der
Mutter hervor, ihr vom Schoße fiel und einen hallenden Ton von
sich gab.

30   »Liebe Eltern«, sagte die Schwester und schlug zur Einleitung
mit der Hand auf den Tisch, »so geht das nicht weiter. Wenn ihr
das vielleicht nicht einseht, ich sehe es ein. Ich will vor diesem
Untier nicht den Namen meines Bruders aussprechen und sage

35 **43.** *sehr leicht zu begründenden Forderungen* — claims that can **very**
easily be justified
44. *sah … hin* — looked straight in front of him

daher bloß: wir müssen versuchen, es loszuwerden. Wir haben das Menschenmögliche versucht, es zu pflegen und zu dulden, ich glaube, es kann uns niemand den geringsten Vorwurf machen.

»Sie hat tausendmal recht«, sagte der Vater für sich. Die Mutter, die noch immer nicht genug Atem finden konnte, fing in die vorgehaltene Hand mit einem irrsinnigen Ausdruck der Augen dumpf zu husten an.

Die Schwester eilte zur Mutter und hielt ihr die Stirn. Der Vater schien durch die Worte der Schwester auf bestimmte Gedanken gebracht zu sein, hatte sich aufrecht gesetzt, spielte mit seiner Dienermütze zwischen den Tellern, die noch vom Nachtmahl der Zimmerherren her auf dem Tische lagen, und sah bisweilen auf den stillen Gregor hin.

»Wir müssen es loszuwerden suchen«, sagte die Schwester nun ausschließlich zum Vater, denn die Mutter hörte in ihrem Husten nichts, »es bringt euch noch beide um, ich sehe es kommen. Wenn man schon so schwer arbeiten muß, wie wir alle, kann man nicht noch zu Hause diese ewige Quälerei ertragen. Ich kann es auch nicht mehr.« Und sie brach so heftig in Weinen aus, daß ihre Tränen auf das Gesicht der Mutter niederflossen, von dem sie sie mit mechanischen Handbewegungen wischte.

»Kind«, sagte der Vater mitleidig und mit auffallendem Verständnis, »was sollen wir aber tun?«

Die Schwester zuckte nur die Achseln zum Zeichen der Ratlosigkeit, die sie nun während des Weinens im Gegensatz zu ihrer früheren Sicherheit ergriffen hatte.

»Wenn er uns verstünde«, sagte der Vater halb fragend; die Schwester schüttelte aus dem Weinen heraus heftig die Hand zum Zeichen, daß daran nicht zu denken sei.

»Wenn er uns verstünde«, wiederholte der Vater und nahm durch Schließen der Augen die Überzeugung der Schwester von der Unmöglichkeit dessen in sich auf, »dann wäre vielleicht ein Übereinkommen mit ihm möglich. Aber so —«

»Weg muß er«, rief die Schwester, »das ist das einzige Mittel, Vater. Du mußt bloß den Gedanken loszuwerden suchen, daß es

Gregor ist. Daß wir es so lange geglaubt haben, das ist ja unser eigentliches Unglück. Aber wie kann es denn Gregor sein? Wenn es Gregor wäre, er hätte längst eingesehen, daß ein Zusammenleben von Menschen mit einem solchen Tier nicht mög-
5 lich ist, und wäre freiwillig fortgegangen. Wir hätten dann keinen Bruder, aber könnten dann weiterleben und sein Andenken in Ehren halten. So aber verfolgt uns dieses Tier, vertreibt die Zimmerherren, will offenbar die ganze Wohnung einnehmen und uns auf der Gasse übernachten lassen. Sieh nur, Vater«,
10 schrie sie plötzlich auf, »er fängt schon wieder an!« Und in einem für Gregor gänzlich unverständlichen Schrecken verließ die Schwester sogar die Mutter, stieß sich förmlich von ihrem Sessel ab, als wollte sie lieber die Mutter opfern, als in Gregors Nähe bleiben, und eilte hinter den Vater, der, lediglich durch ihr
15 Benehmen erregt, auch aufstand und die Arme wie zum Schutz der Schwester vor ihr halb erhob.

Aber Gregor fiel es doch gar nicht ein, irgend jemandem und gar seiner Schwester Angst machen zu wollen. Er hatte bloß angefangen, sich umzudrehen, um in sein Zimmer zurückzuwandern,
20 und das nahm sich allerdings auffallend aus, da er infolge seines leidenden Zustandes bei den schwierigen Umdrehungen mit seinem Kopfe nachhelfen mußte, den er hierbei viele Male hob und gegen den Boden schlug. Er hielt inne und sah sich um. Seine gute Absicht schien erkannt worden zu sein; es war nur ein
25 augenblicklicher Schrecken gewesen. Nun sahen ihn alle schweigend und traurig an. Die Mutter lag, die Beine ausgestreckt und aneinandergedrückt, in ihrem Sessel, die Augen fielen ihr vor Ermattung fast zu; der Vater und die Schwester saßen nebeneinander, die Schwester hatte ihre Hand um des Vaters Hals
30 gelegt.

»Nun darf ich mich schon vielleicht umdrehen«, dachte Gregor und begann seine Arbeit wieder. Er konnte das Schnaufen der Anstrengung nicht unterdrücken und mußte auch hier und da ausruhen. Im übrigen drängte ihn auch niemand, es war alles
35 ihm selbst überlassen. Als er die Umdrehung vollendet hatte, fing er sofort an, geradeaus zurückzuwandern. Er staunte über die

große Entfernung, die ihn von seinem Zimmer trennte, und begriff gar nicht, wie er bei seiner Schwäche vor kurzer Zeit den gleichen Weg, fast ohne es zu merken, zurückgelegt hatte. Immerfort nur auf rasches Kriechen bedacht, achtete er kaum darauf, daß kein Wort, kein Ausruf seiner Familie ihn störte. Erst 5 als er schon in der Tür war, wendete er den Kopf, nicht vollständig, denn er fühlte den Hals steif werden, immerhin sah er noch, daß sich hinter ihm nichts verändert hatte, nur die Schwester war aufgestanden. Sein letzter Blick streifte die Mutter, die nun völlig eingeschlafen war. 10

Kaum war er innerhalb seines Zimmers, wurde die Tür eiligst zugedrückt, festgeriegelt und versperrt. Über den plötzlichen Lärm hinter sich erschrak Gregor so, daß ihm die Beinchen einknickten. Es war die Schwester, die sich so beeilt hatte. Aufrecht war sie schon dagestanden und hatte gewartet, leichtfüßig war 15 sie dann vorwärts gesprungen, Gregor hatte sie gar nicht kommen hören, und ein »Endlich!« rief sie den Eltern zu, während sie den Schlüssel im Schloß umdrehte.

»Und jetzt?« fragte sich Gregor und sah sich im Dunkeln um. Er machte bald die Entdeckung, daß er sich nun überhaupt nicht 20 mehr rühren konnte. Er wunderte sich darüber nicht, eher kam es ihm unnatürlich vor, daß er sich bis jetzt tatsächlich mit diesen dünnen Beinchen hatte fortbewegen können. Im übrigen fühlte er sich verhältnismäßig behaglich. Er hatte zwar Schmerzen im ganzen Leib, aber ihm war, als würden sie allmählich schwächer 25 und schwächer und würden schließlich ganz vergehen. Den verfaulten Apfel in seinem Rücken und die entzündete Umgebung, die ganz von weichem Staub bedeckt waren, spürte er schon kaum. An seine Familie dachte er mit Rührung und Liebe zurück. Seine Meinung darüber, daß er verschwinden müsse, war wo- 30 möglich noch entschiedener als die seiner Schwester. In diesem Zustand leeren und friedlichen Nachdenkens blieb er, bis die Turmuhr die dritte Morgenstunde schlug. Den Anfang des allgemeinen Hellerwerdens draußen vor dem Fenster erlebte er noch. Dann sank sein Kopf ohne seinen Willen gänzlich nieder, 35 und aus seinen Nüstern strömte sein letzter Atem schwach hervor.

Als am frühen Morgen die Bedienerin kam — vor lauter Kraft
und Eile schlug sie, wie oft man sie auch schon gebeten hatte,
das zu vermeiden, alle Türen derartig zu, daß in der ganzen
Wohnung von ihrem Kommen an kein ruhiger Schlaf mehr
5 möglich war —, fand sie bei ihrem gewöhnlich kurzen Besuch
an Gregor zuerst nichts Besonderes. Sie dachte, er liege absichtlich so unbeweglich da und spiele den Beleidigten; sie traute ihm
allen möglichen Verstand zu. Weil sie zufällig den langen Besen
in der Hand hielt, suchte sie mit ihm Gregor von der Tür aus zu
10 kitzeln. Als sich auch da kein Erfolg zeigte, wurde sie ärgerlich
und stieß ein wenig in Gregor hinein, und erst als sie ihn ohne
jeden Widerstand von seinem Platze geschoben hatte, wurde sie
aufmerksam. Als sie bald den wahren Sachverhalt erkannte,
machte sie große Augen, pfiff vor sich hin, hielt sich aber nicht
15 lange auf, sondern riß die Tür des Schlafzimmers auf und rief
mit lauter Stimme in das Dunkel hinein: »Sehen Sie nur mal an,
es ist krepiert; da liegt es, ganz und gar krepiert!«

Das Ehepaar Samsa saß im Ehebett aufrecht da und hatte zu
tun, den Schrecken über die Bedienerin zu verwinden, ehe es
20 dazu kam, ihre Meldung aufzufassen. Dann aber stiegen Herr
und Frau Samsa, jeder auf seiner Seite, eiligst aus dem Bett, Herr
Samsa warf die Decke über seine Schultern, Frau Samsa kam nur
im Nachthemd hervor; so traten sie in Gregors Zimmer. Inzwischen hatte sich auch die Tür des Wohnzimmers geöffnet, in dem
25 Grete seit dem Einzug der Zimmerherren schlief; sie war völlig
angezogen, als hätte sie gar nicht geschlafen, auch ihr bleiches
Gesicht schien das zu beweisen. »Tot?« sagte Frau Samsa und sah
fragend zur Bedienerin auf, trotzdem sie doch alles selbst prüfen
und sogar ohne Prüfung erkennen konnte. »Das will ich mei-
30 nen[45]«, sagte die Bedienerin und stieß zum Beweis Gregors
Leiche mit dem Besen noch ein großes Stück seitwärts. Frau
Samsa machte eine Bewegung, als wolle sie den Besen zurückhalten, tat es aber nicht. »Nun«, sagte Herr Samsa, »jetzt können
wir Gott danken.« Er bekreuzigte sich, und die drei Frauen folg-
35 ten seinem Beispiel. Grete, die kein Auge von der Leiche wen-

45. »*Das . . . meinen*« — "That's for sure"

dete, sagte: »Seht nur, wie mager er war. Er hat ja auch schon so
lange Zeit nichts gegessen. So wie die Speisen hereinkamen, sind
sie wieder hinausgekommen.« Tatsächlich war Gregors Körper
vollständig flach und trocken, man erkannte das eigentlich erst
jetzt, da er nicht mehr von den Beinchen gehoben war und auch 5
sonst nichts den Blick ablenkte.

    „Komm, Grete, auf ein Weilchen zu uns herein«, sagte Frau
Samsa mit einem wehmütigen Lächeln, und Grete ging, nicht
ohne nach der Leiche zurückzusehen, hinter den Eltern in das
Schlafzimmer. Die Bedienerin schloß die Tür und öffnete gänz- 10
lich das Fenster. Trotz des frühen Morgens war der frischen Luft
schon etwas Lauigkeit beigemischt. Es war eben schon Ende
März.

    Aus ihrem Zimmer traten die drei Zimmerherren und sahen
sich erstaunt nach ihrem Frühstück um; man hatte sie vergessen. 15
»Wo ist das Frühstück?« fragte der mittlere der Herren mürrisch die Bedienerin. Diese aber legte den Finger an den Mund
und winkte dann hastig und schweigend den Herren zu, sie
möchten in Gregors Zimmer kommen. Sie kamen auch und stan-
den dann, die Hände in den Taschen ihrer etwas abgenützten 20
Röckchen, in dem nun schon ganz hellen Zimmer um Gregors
Leiche herum.

    Da öffnete sich die Tür des Schlafzimmers, und Herr Samsa
erschien in seiner Livree, an einem Arm seine Frau, am anderen
seine Tochter. Alle waren ein wenig verweint; Grete drückte 25
bisweilen ihr Gesicht an den Arm des Vaters.

    »Verlassen Sie sofort meine Wohnung!« sagte Herr Samsa
und zeigte auf die Tür, ohne die Frauen von sich zu lassen. »Wie
meinen Sie das?« sagte der mittlere Herr etwas bestürzt und
lächelte süßlich. Die zwei anderen hielten die Hände auf dem 30
Rücken und rieben sie ununterbrochen aneinander, wie in freu-
diger Erwartung eines großen Streites, der aber für sie günstig
ausfallen mußte. »Ich meine es genau so, wie ich es sage«, antwortete Herr Samsa und ging in einer Linie mit seinen zwei Be-
gleiterinnen auf den Zimmerherrn zu. Dieser stand zuerst still 35
da und sah zu Boden, als ob sich die Dinge in seinem Kopf zu

einer neuen Ordnung zusammenstellten. »Dann gehen wir also«,
sagte er dann und sah zu Herrn Samsa auf, als verlange er in
einer plötzlich ihn überkommenden Demut sogar für diesen
Entschluß eine neue Genehmigung. Herr Samsa nickte ihm bloß
5 mehrmals kurz mit großen Augen zu. Daraufhin ging der Herr
tatsächlich sofort mit langen Schritten ins Vorzimmer; seine beiden Freunde hatten schon ein Weilchen lang mit ganz ruhigen
Händen aufgehorcht und hüpften ihm jetzt geradezu nach, wie
in Angst, Herr Samsa könnte vor ihnen ins Vorzimmer eintreten
10 und die Verbindung mit ihrem Führer stören. Im Vorzimmer
nahmen alle drei die Hüte vom Kleiderrechen, zogen ihre Stöcke
aus dem Stockbehälter, verbeugten sich stumm und verließen die
Wohnung. In einem, wie sich zeigte, gänzlich unbegründeten
Mißtrauen trat Herr Samsa mit den zwei Frauen auf den Vor-
15 platz hinaus; an das Geländer gelehnt, sahen sie zu, wie die drei
Herren zwar langsam, aber ständig die lange Treppe hinunter-
stiegen, in jedem Stockwerk in einer bestimmten Biegung des
Treppenhauses verschwanden und nach ein paar Augenblicken
wieder hervorkamen; je tiefer sie gelangten, desto mehr verlor
20 sich das Interesse der Familie Samsa für sie, und als ihnen entgegen und dann hoch über sie hinweg ein Fleischergeselle mit
der Trage auf dem Kopf in stolzer Haltung heraufstieg, verließ
bald Herr Samsa mit den Frauen das Geländer, und alle kehrten,
wie erleichtert, in ihre Wohnung zurück.
25   Sie beschlossen, den heutigen Tag zum Ausruhen und Spazierengehen zu verwenden; sie hatten diese Arbeitsunterbrechung
nicht nur verdient, sie brauchten sie sogar unbedingt. Und so
setzten sie sich zum Tisch und schrieben drei Entschuldigungs-
briefe, Herr Samsa an seine Direktion, Frau Samsa an ihren Auf-
30 traggeber und Grete an ihren Prinzipal. Während des Schreibens
kam die Bedienerin herein, um zu sagen, daß sie fortgehe, denn
ihre Morgenarbeit war beendet. Die drei Schreibenden nickten
zuerst bloß, ohne aufzuschauen, erst als die Bedienerin sich immer noch nicht entfernen wollte, sah man ärgerlich auf. »Nun?«
35 fragte Herr Samsa. Die Bedienerin stand lächelnd in der Tür, als
habe sie der Familie ein großes Glück zu melden, werde es aber

nur dann tun, wenn sie gründlich ausgefragt werde. Die fast
aufrechte kleine Straußfeder auf ihrem Hut, über die sich Herr
Samsa schon während ihrer ganzen Dienstzeit ärgerte, schwankte
leicht nach allen Richtungen. »Also was wollen Sie eigentlich?«
fragte Frau Samsa, vor welcher die Bedienerin noch am meisten 5
Respekt hatte. »Ja«, antwortete die Bedienerin und konnte vor
freundlichem Lachen nicht gleich weiterreden, »also darüber, wie
das Zeug von nebenan weggeschafft werden soll, müssen Sie sich
keine Sorge machen. Es ist schon in Ordnung.« Frau Samsa und
Grete beugten sich zu ihren Briefen nieder, als wollten sie wei- 10
terschreiben; Herr Samsa, welcher merkte, daß die Bedienerin
nun alles ausführlich zu beschreiben anfangen wollte, wehrte
dies mit ausgestreckter Hand entschieden ab. Da sie aber nicht
erzählen durfte, erinnerte sie sich an die große Eile, die sie hatte,
rief, offenbar beleidigt: »Adjes allseits[46]«, drehte sich wild um 15
und verließ unter fürchterlichem Türezuschlagen die Wohnung.

»Abends wird sie entlassen«, sagte Herr Samsa, bekam aber
weder von seiner Frau noch von seiner Tochter eine Antwort,
denn die Bedienerin schien ihre kaum gewonnene Ruhe wieder
gestört zu haben. Sie erhoben sich, gingen zum Fenster und blie- 20
ben dort, sich umschlungen haltend. Herr Samsa drehte sich in
seinem Sessel nach ihnen um und beobachtete sie still ein Weilchen. Dann rief er: »Also kommt doch her. Laßt schon endlich
die alten Sachen. Und nehmt auch ein wenig Rücksicht auf
mich.« Gleich folgten ihm die Frauen, eilten zu ihm, liebkosten 25
ihn und beendeten rasch ihre Briefe.

Dann verließen alle drei gemeinschaftlich die Wohnung, was
sie schon seit Monaten nicht getan hatten, und fuhren mit der
Elektrischen ins Freie vor die Stadt. Der Wagen, in dem sie allein
saßen, war ganz von warmer Sonne durchschienen. Sie bespra- 30
chen, bequem auf ihren Sitzen zurückgelehnt, die Aussichten für
die Zukunft, und es fand sich, daß diese bei näherer Betrachtung
durchaus nicht schlecht waren, denn aller drei Anstellungen
waren, worüber sie einander eigentlich noch gar nicht ausgefragt
hatten, überaus günstig und besonders für später vielverspre- 35

46. »*Adjes (adieu) allseits*« — "Bye, everybody"

chend. Die größte augenblickliche Besserung der Lage mußte
sich natürlich leicht durch einen Wohnungswechsel ergeben; sie
wollten nun eine kleinere und billigere, aber besser gelegene und
überhaupt praktischere Wohnung nehmen, als es die jetzige,
5 noch von Gregor ausgesuchte war. Während sie sich so unter-
hielten, fiel es Herrn und Frau Samsa im Anblick ihrer immer
lebhafter werdenden Tochter fast gleichzeitig ein, wie sie in der
letzten Zeit trotz aller Plage, die ihre Wangen bleich gemacht
hatte, zu einem schönen und üppigen Mädchen aufgeblüht war.
10 Stiller werdend und fast unbewußt durch Blicke sich verständi-
gend, dachten sie daran, daß es nun Zeit sein werde, auch einen
braven Mann für sie zu suchen. Und es war ihnen wie eine Bestätigung ihrer neuen Träume und guten Absichten, als am Ziele
ihrer Fahrt die Tochter als erste sich erhob und ihren jungen
15 Körper dehnte.

Stretched

Fragen

1. Als was für ein Insekt erwachte Gregor Samsa?
2. Was war Gregor von Beruf gewesen? Erzählen Sie alles, was Sie von Gregors Vorleben wissen.
3. Was hatte Gregor für diesen Morgen vorgehabt?
4. Welche Wunschträume hatte er im Hinblick auf seinen Chef gehabt?
5. Wie dachte er beim ersten Erwachen sein Versäumnis wiedergutzumachen?
6. Welche Veränderung seiner Lage hatte er infolge seiner Verwandlung zu überwinden?
7. Was bedeutete der Besuch des Prokuristen für Gregor?
8. Welchen Charakter gab die Mutter ihrem Sohn?
9. Welche Stellung in der Familie hatte Gregor früher eingenommen?
10. Welchen anderen Charakter gab ihm die Rede des Prokuristen?
11. Warum wollte man den Arzt und den Schlosser holen?
12. Beschreiben Sie die Reaktion des Prokuristen auf Gregors Erscheinen.
13. In welcher Absicht hatte Gregor sein Zimmer verlassen?
14. Wie reagierte die Mutter auf Gregors Erscheinen?
15. Wie ist Gregor in sein Zimmer zurückgekommen?

II

16. Erzählen Sie das zwischen dem 1. und 2. Abschnitt **Ge**schehene.
17. Wie erschienen Gregor nun sein Lieblingsessen und sein Zimmer?
18. Wie zeigte die Schwester ihren Unwillen, wenn sie in Gregors Zimmer trat?
19. Wie stellte sie fest, was er gern aß?
20. Was hörte Gregor von den Vermögensverhältnissen der Familie?
21. Was für ein Leben führte Gregor anfangs in seinem Zimmer?
22. Welche Besserung wollte die Schwester herbeiführen?
23. Was meinte die Mutter zu Gretes Vorhaben?
24. Wie verhielt sich Gregor während der Diskussion und **wie** machte er seine Meinung klar?
25. Wie wirkte der Anblick Gregors auf die Mutter?
26. Wie ging Gregors Versuch, der Mutter zu helfen, aus?
27. Wie deuteten Vater und Schwester Gregors zweiten **Aus**bruch aus seinem Zimmer?
28. Wie hatte sich der Vater jetzt verändert?
29. Wie trieb er Gregor diesmal zurück?
30. Was rettete Gregor das Leben?

III

31. Wieviel Zeit ist zwischen dem 2. und 3. Abschnitt **ver**gangen?
32. Wie hat sich Gregors Verhältnis zur Familie gebessert?
33. Wie hat sich das Leben der Familie geändert?
34. Womit beschäftigte sich Gregor jetzt in Gedanken?
35. Wie pflegte man Gregor und sein Zimmer jetzt?
36. Welche Änderungen im Dienstpersonal der Familie Samsa sind eingetreten?
37. Wie verhielt sich die Bedienerin zu Gregor?
38. Wie hat sich das Leben der Familie durch die Ankunft der Zimmerherren verändert?

39. Welche Gedanken machte sich Gregor beim Violinspiel der Schwester?
40. Wie faßten die Zimmerherren das Erscheinen Gregors auf?
41. Welche Rede hielt die Schwester an die Familie?
42. Wie stellte sich Gregor zu Gretes Urteil?
43. Wie fand die Bedienerin Gregor am nächsten Morgen?
44. Mit welchen Gefühlen faßte die Familie die Meldung der Bedienerin auf?
45. Welche Schritte unternahm die Familie am nächsten Morgen?

IM ALLGEMEINEN

46. Wird Gregors Verwandlung rational erklärt?
47. Welche psychologische Erklärung hat die Verwandlung?
48. Ist das Geschehen der *Verwandlung* trocken und grau zu nennen?
49. Wie finden Sie die Sprache Kafkas? Geben Sie Beispiele.
50. Deuten Sie den Schluß der *Verwandlung* optimistisch oder pessimistisch?

Vocabulary

ab·brechen, a, o   break off
ab·bringen, brachte ab, abgebracht
   talk out of
der Abend, -e   evening. abends
   in the evening
die Abenddämmerung   evening
   twilight
das Abendessen, -   evening meal
das Abendschläfchen, -   evening nap
die Abfallkiste, -n   garbage can
aber   but, however
abgearbeitet   overworked
ab·geben, a, e   einen Schwur —
   take on oath
abgesehen   aside
ab·gleiten, i, i (ist)   slide off
ab·halten, ie, a   keep from
abhanden   lost. — kommen   get lost
ab·hängen, i, a   depend
ab·husten   clear one's throat by
   coughing
ab·lassen, ie, a   leave off
ab·legen   take off
ab·lenken   distract
ab·liefern   hand over
ab·nützen   wear out
der Abscheu   revulsion
ab·schließen, o, o   close off
ab·schneiden, i, i   cut off
der Abschnitt, -e   section
ab·schwächen   weaken
abseits   to one side
die Absicht, -en   intention
absichtlich   intentional
ab·sperren   shut off
ab·stoßen, ie, o   push away
ab·tragen, u, a   pay off
abwärts   downward

ab·wechseln   take turns
ab·wehren   wave away
ab·wenden   turn away
ab·werfen, a, o   throw aside
die Abwesenheit, -en   absence
ab·winken   wave away
ab·zahlen   pay off
die Achsel, -n   armpit
achten   pay attention
ächzen   groan
ahnen   have a presentiment of
ähnlich   similar
all- all. —es   everything. —zu
   all too. vor —em   above all
allein   alone
allerdings   indeed, though, admit-
   tedly
allgemein   general
allmählich   gradual
allmonatlich   every month
allseits   to all
als   when, than, as. nichts —
   nothing but
also   so, therefore
das Alter, -   age
an   to, at, by way of, of. — und für
   sich   themselves, in any case
an·bieten, o, o   offer
der Anblick   sight
an·bringen, brachte an, angebracht
   attach
angebracht   fitting
an·dauern   last
das Andenken, -   reminder, memory
ander   other. —es   other things.
   alles —e   everything else. —s
   otherwise. —s als   different from

—swo elsewhere. —erseits on the other hand
die Änderung, -en change
an·deuten hint at, indicate
anerkennen, erkannte an, anerkannt recognize, praise
der Anfang, ∸e beginning
an·fangen, i, a begin
die Angelegenheit, -en affair
der Angestellte, -n, -n employee
s. angewöhnen accustom oneself
an·greifen, i, i touch
der Angreifer, - aggressor
der Angriff, -e attack
die Angst, ∸e fear. — bekommen get frightened· jemandem — machen frighten someone
ängstigen frighten
ängstlich fearful
an·hören listen to
an·kommen, a, o (ist) arrive
die Ankunft, ∸e arrival
der Anlauf, ∸e start
die Annahme, -n assumption
an·nehmen, a, o accept, adopt, assume
an·ordnen arrange
die Anordnung, -en measure. —en treffen take steps
der Anruf, -e summons, call
an·rühren touch
an·sammeln collect
der Anschein, appearance
an·schlagen, u, a hit against
an·schreien, ie, ie shout at
an·sehen, a, e look, see by looking at, look at, consider
an·setzen put on
die Ansprache, -n contact
der Anspruch, ∸e claim. in — nehmen absorb
an·starren stare at
die Anstellung, -en position
an·strengen strain. —d strenuous
die Anstrengung, -en exertion
an·treffen, a, o catch, come upon
an·treten, a, e (ist) begin
die Antwort, -en answer antworten answer
an·vertrauen entrust, confide
an·wachsen, u, a (ist) grow
die Anwesenheit presence
an·ziehen, o, o lure. s. — get dressed
an·zünden light

der Apfel, ∸ apple. Apfel für Apfel apple after apple
die Arbeit, -en job, work arbeiten work
der Arbeitserfolg, -e professional success
arbeitsscheu work-shy
die Arbeitsunterbrechung, -en respite from work
arg bad
der Ärger vexation
ärgerlich angry
ärgern vex. s. — get angry
der Ärmel, - sleeve
arm poor
die Art, -en kind, way
der Arzt, ∸e doctor
die Aschenkiste, -n ash can
der Atem breathing, breath
die Atembeschwerde, -n breathing difficulty
die Atemfreiheit freedom of breathing
die Atemnot, shortness of breath
atmen breathe
ätzen corrode
auf on, to — ... zu toward.
— und ab up and down
auf·atmen heave a sigh of relief
auf·betten turn down beds
auf·binden, a, u tuck up
auf·blasen, ie, a blow up
auf·blühen (ist) bloom forth
auf·brauchen use up
auf·bringen, brachte auf, aufgebracht muster
der Aufenthalt, -e stay, time or place of sojourn
auf·erlegen put upon
auf·fallen, ie, a (ist) attract attention. —d conspicuous
auf·fassen comprehend, take
auf·fliegen, o, o (ist) fly open
auf·fordern urge
die Aufgabe, -n task, lesson
auf·gehen, ging auf, (ist) aufgegangen become clear
auf·geben, a, e give up
s. auf·halten, ie, a stay, waste time
auf·heben, o, o pick up
auf·horchen harken
auf·klären enlighten
auf·lauern lie in wait for
auf·lösen dissolve, loosen
auf·machen open
aufmerksam attentive. — machen auf call attention to
die Aufmunterung encouragement

auf·nehmen, a, o   take up, react to.
   in sich —   take in (a fact)
auf·raffen   snatch up. s. —   jump up
auf·räumen   clean up, put away
aufrecht   upright, erect. s. —   halten
   hold oneself erect
s. auf·regen   get excited
die Aufregung, -en   excitement
auf·reißen, i, i   tear open
s. auf·richten   stand up, straighten
   up
auf·rütteln   shake awake
auf·schauen   look up
auf·schlagen, u, a   beat upon, open
auf·schrecken (ist)   awaken with a
   start
auf·schreien, ie, ie   cry out in alarm
auf·sehen, a, e   look up at
auf·setzen   set down
auf·seufzen   heave a sigh
auf·sperren   unlock
auf·stampfen   stamp
auf·stellen   stand up. s. —   take
   one's place
der Auftrag, ⁻e   order
der Auftraggeber, -   employer
auf·treten, a, e (ist)   appear, take
   action
auf·wachen (ist)   wake up
der Aufwand, ⁻e   expenses
auf·werfen, a, o   turn up
das Auge, -n   eye. aus den —n lassen
   let out of one's sight. große —n
   machen   show astonishment. unter
   vier —n   between ourselves
der Augenblick, -e   moment
augenblicklich   at the moment,
   immediate, momentary
die Augenbraue, -n   eyebrow
aus·bleiben, ie, ie (ist)   fail to come
der Ausblick, -e   view
aus·brechen, a, o (ist)   get out, break
   out
der Ausbruch, ⁻e   escape
s. aus·breiten   spread out
aus·denken, dachte aus, ausgedacht
   figure out
der Ausdruck, ⁻e   expression
ausdrücklich   express
auseinandergepackt   unpacked and
   spread out
aus·fallen, ie, a (ist)   turn out
aus·fragen   question
aus·führen   execute
ausführlich   in detail
aus·gehen, ging aus, (ist) ausgegangen
   go out, turn out
aus·halten, ie, a   endure
aus·harren   stick with one's job

aus·leeren   empty out
aus·löschen   extinguish
das Ausmaß -e   extent. in größtem —
   on the largest scale
die Ausnahme, -n   exception
s. aus·nehmen, a, o   look
aus·nützen   utilize
aus·räumen   clean out
die Ausrede, -n   excuse
aus·reden   talk someone out of
aus·richten   accomplish
aus·rücken   set out
der Ausruf, -e   exclamation
s. aus·ruhen   rest up, get enough rest
aus·schlafen, ie, a   finish sleeping,
   get enough sleep
ausschließlich   exclusive
aus·schneiden, i, i   cut out
der Ausschnitt, -e   section
aus·sehen, a, e   look
das Aussehen   appearance
außen   outside
außer   beside. — sich   beside himself. —dem   besides. —gewöhnlich
   extraordinary. —halb   outside
äußerst   extremely
die Aussicht, -en   prospect
aus·söhnen   reconcile
aus·speien, ie, ie   spit out
die Aussprache, -n   pronunciation,
   exchange of opinion
aus·sprechen, a, o   pronounce
aus·statten   fit out
aus·stoßen, ie, o   blurt out
aus·strecken   stretch out
aus·suchen   choose
die Auswahl, -en   selection

der Bahnhof, ⁻e   railroad station
bald   soon
ballen   clench
das Band, ⁻er   ribbon
der Bankbeamte, -n, -n   bank
   official
das Bankinstitut, -e   banking firm
das Bargeld, -er   cash
der Bart, ⁻e   beard
der Bauch, ⁻e   belly
beabsichtigen   intend
beanspruchen   claim
bearbeiten   go to work on
bedächtig   thoughtful
der Bedarf   need
bedauern   regret
bedecken   cover
bedenken, bedachte, bedacht   con-

sider. bedacht concentrating, concerned
das Bedenken, - consideration against
die Bedienerin, -nen cleaning woman
bedrängen oppress
bedrücken oppress
das Bedürfnis, -se need
s. beeilen hurry
beenden finish
befangen caught
befaßt controlled
der Befehl, -e order
s. befinden be
befindlich located
befreien liberate
befriedigen satisfy
die Befriedigung, -en satisfaction
begegnen (ist) meet
begierig eager
die Begleiterin, -nen lady companion
die Begleitung, -en suite
beglücken delight
s. begnügen content oneself
begreifen, i, i understand
begriffsstützig dull-witted
begründen justify
behaglich comfortable
behalten, ie, a keep
behandeln treat
beherrschen control
behilflich of assistance
die Behinderung hindrance
bei upon, with, at, in view of, while
beid- both
bei·mischen mix with
das Bein, -e leg
das Beinchen, - little leg
die Beinreihe, -n row of legs
beirren lead astray
beisammen together
das Beispiel, -e example. zum —
for example
beißen, i, i bite
der Bekanntenkreis, -e circle of acquaintances
bekommen, a, o get. zu Gesicht —
manage to see
s. bekreuzen cross oneself
belassen, ie, a leave
der Beleg, -e document
belehren teach
beleidigen offend
beleuchten light
beliebig no matter what
bemerkbar noticeable

bemerken notice
die Bemerkung, -en remark
s. bemühen try
die Bemühung, -en effort
s. benehmen, a, o conduct oneself
das Benehmen conduct
benützen use
beobachten observe
bequem comfortable
die Beratung, -en consultation
bereit ready. —s already
bereuen regret
berichten report
der Beruf, -e vocation
die Berufsarbeit, -en professional work
die Berufskrankheit, -en occupational disease
beruhigen calm
berühren touch
die Berührung, -en contact
besänftigen pacify
beschädigen damage
beschäftigen occupy
die Beschämung, -en humiliation
beschatten shade
der Beschauer, - spectator
bescheiden modest
beschließen, o, o decide
beschmieren spread
beschränken limit
beschreiben, ie, ie describe
die Beschwerde, -n complaint
beschwerlich difficult
beschwören beg
die Beseitigung, -en removal
der Besen, - broom
besetzen occupy, cover (a space)
die Besinnung consciousness
besinnungslos to the point of losing consciousness
besitzen, besaß, besessen possess
besonder- unusual, special. —s especially
besorgen take care of
die Besorgnis, -se worry
besorgt worried
die Besorgung, -en errand
besprechen, a, o discuss
die Besprechung, -en conference, discussion
s. bessern improve
die Besserung, -en cure, improvement
die Bestätigung, -en confirmation
bestehen, bestand, bestanden exist, consist, insist
bestimmen determine. bestimmt definite, set aside for, certain

die Bestimmtheit, -en   certainty
bestürzt   taken aback
der Besuch, -e   visit.   besuchen   visit
der Besucher, -   visitor
betasten   feel
s. beteiligen   participate
die Betrachtung, -en   observation
betreffen, a, o   concern. —d   in
  question
betreiben, ie, ie   carry on
die Bettdecke, -n   bed cover
der Bettpfosten, -   bedpost
der Bettrand, ⁺er   edge of the bed
das Bettzeug   bed linen
beugen   bend
beunruhigen   disquiet, disturb
beurteilen   judge
bevorstehen, stand bevor, bevor-
  gestanden   is to come
bewahren   keep
bewegen   move
beweglich   lively, movable
die Beweglichkeit   mobility
die Bewegung, -en   movement
der Beweis, -e   proof
beweisen, ie, ie   prove
s. bewerben   woo
bewohnen   inhabit, occupy
bewußt, sich — sein   be conscious of
das Bewußtsein   consciousness.   ehe ihr
  zum — kam   before she realized
bezahlen   pay
bezeichnend   telltale
die Biegung, -en   turn
bilden   form
das Bild, -er   picture
billig   cheap
billigen   approve
bis   to, until. —herig   up till now.
  —weilen   sometimes
der Bissen, -   bite
bitten, a, e   beg
s. blähen   blow oneself up
blasen, ie, a   blow
das Blatt, ⁺er   sheet, page
blau   blue
bleich   pale
der Blick, -e   glance
blödsinnig   stupid
bloß   only, bare
bluten   bleed
der Boden, ⁺⁺   floor
der Bogen, ⁺⁺   curve, violin bow
bogenförmig   arched
bombardieren   bombard
böse   angry
die Bosheit, -en   wickedness
brauchen   need
brav   good

breit   broad
die Breite   breadth
brennen, brannte, gebrannt   burn
bringen, brachte, gebracht   bring.
  über sich —   bear
das Brot, -e   bread, slice of bread
die Brust, ⁺e   breast
s. bücken   bend over
der Bürgerschüler, -   secondary
  school pupil
buschig   bushy

der Chef, -s   boss

da   then, there, as, since. —gegen
  on the other hand. —her   thence,
  therefore. —hin   there
dahin-torkeln (ist)   stagger on
daliegen, a, e   lie there
der Damenfreund, -e   ladies' man
damit   so that
dampfen   steam
dämpfen   tone down
dankbar   grateful
daran-setzen: alles   do one's utmost
dar-legen   present, explain
dar-stellen   represent
dauern   last, take
davon-laufen, ie, au (ist)   run away
davon-schlürfen (ist)   shuffle away
dazwischen   meanwhile
die Decke, -n   cover, ceiling
decken   cover.   den Tisch —   set
  the table
der Degen, -   sword
dehnen   stretch
die Demut   humility
demütig   humble
denken, dachte, gedacht   think
denn   for
derart   in such a manner. —ig   so,
  such
deshalb   for that reason
desto   (with comparative)   all the
deuten   interpret. schlecht —   put
  the worst interpretation upon
deutlich   clear
die Deutlichkeit   distinctness
dienen   serve, be employed
der Diener, -   servant, doorman
die Dienermütze, -n   doorman's cap
die Dieneruniform, -en   doorman's
  uniform
der Dienst, -e   service, work
das Dienstmädchen, -   maid

72

das **Dienstpersonal** domestic
  personnel
die **Dienstzeit** time of service
die **Direktion, -en** management
dirigieren direct
doch though, nevertheless, do
donnern thunder
das **Donnerwetter** *(slang)* scene
das **Doppelkinn, -e** double chin
dort there. **—hin** there
drängen drive, push, urge
draußen outside
die **Drehbewegung, -en** motion of
  turning
drehen turn
die **Drehung, -en** turning
drohen threaten
drüben over there, on the other side
drücken press
dulden suffer, endure
dumpf dull
dunkel dark
das **Dunkel** dark
dünn thin
durch through, by means of.
  —aus altogether
durchbrechen, a, o interrupt
**durchdenken, durchdachte, durch-
  dacht** think through
der **Durchgang, ⁻e** passage
durch·kommen, a, o (ist) get
  through
durchschauen see through,
  understand
die **Durchquerung, -en** crossing
durchscheinen, ie, ie cover with
  light

eben just
die **Ecke, -n** corner
ehe before
das **Ehebett, -en** conjugal bed
das **Ehepaar, -e** married couple
die **Ehre, -n** honor. **in —n halten**
  honor
das **Ehrenwort** word of honor
eifrig eager
eigen own
die **Eigenschaft, -en** capacity
der **Eigensinn** obstinacy
eigentlich real, (the thing) proper
die **Eile** haste. **— haben** be in a
  hurry
eilen hurry. **—ds** hurriedly
eilig hurried
ein für allemal once and for all

einander one another
ein·beziehen, o, o include
die **Einbildung** imagination
ein·dringen, a, u (ist) penetrate
  into, push forward to, urge
eindringlich penetrating
einfach simple
ein·fallen, ie, a (ist) occur, enter
  one's head, come in in chorus
einförmig monotonous
eingestehen, gestand ein, eingestanden
  admit
ein·graben, u, a dig in
ein·greifen, i, i interfere
ein·halten, ie, a keep to
ein·holen catch
einige some, several
ein·knicken give way
ein·legen risk
die **Einleitung, -en** introduction
einmal once. **nicht —** not even.
  mit einemmal all at once
s. ein·mieten take lodgings
ein·nehmen, a, o take (a meal),
  take over
die **Einöde, -n** desert
ein·packen wrap up
ein·richten arrange
die **Einrichtung, -en** arrangement
das **Einrichtungsstück, -e** piece of
  furniture
die **Einschaltung, -en** insertion
ein·schlafen, ie, a (ist) fall asleep
ein·schränken cut down
ein·sehen, a, e realize
der **Eintritt, -e** entrance
s. ein·setzen take someone's part
ein·sperren lock up
ein·stellen set, stop
ein·treten, a, e (ist) set in, enter,
  take another's place
der **Eintritt, -e** entrance
der **Einwand, ⁻e** objection
die **Einwirkung, -en** effect
einzeln single. **—weise** singly
einzig alone, only, single
der **Einzug, ⁻e** occupancy
ekelhaft disgusting
die **Elektrische, -n, -n** trolley car
elektrisieren electrify
empfangen, i, a receive
empfehlen, a, o take greetings from
empfinden, a, u feel
empfindlich sensitive
die **Empfindlichkeit, -en** sensitivity
die **Empfindung, -en** feeling
empor·heben, o, o raise on high
endgültig final
endlich finally, at last

endlos endless
eng narrow, close
die Enge, -n narrow place
entbehren do without
die Entdeckung, -en discovery
entfalten unfold
entfernen remove. s. — go away
entfernt distant, from afar. nicht —
by no means
die Entfernung, -en removal, distance
entgegen toward
entgegen-eilen (ist) hurry toward
entgegen-fauchen hiss at
entgegen-heben, o, o raise toward
entkleiden undress
entladen, u, a let loose
entlang along
entlassen, ie, a dismiss
die Entlassung, -en dismissal
die Entnahme, -n removal
entscheiden, ie, ie decide. —d
decisive
s. entschließen decide, resolve
der Entschluß, ⸚sse resolve
entschuldigen excuse
der Entschuldigungsbrief, -e letter
of excuse
das Entsetzen horror
entsprechen, a, o suit
entstehen, entstand, (ist) entstanden
arise
enttäuschen disappoint
die Enttäuschung, -en disappoint-
ment
s. entwickeln emerge
entzünden inflame
s. erbieten, o, o offer
erbittern embitter
erblicken catch sight of
die Erde earth
s. ereignen happen
ererbt inherited
erfahren, u, a learn of
der Erfolg, -e success
erfolgen occur
erfolglos without success
erfreuen please
erfreulich pleasurable
erfüllen fulfill, fill
die Erfüllung, -en fulfillment. in —
gehen be fulfilled
s. ergeben, a, e result
ergeben devoted
ergießen, o, o pour
ergreifen, i, i seize, move
erhalten, ie, a maintain, receive
erhaschen catch
erheben, o, o raise. s. — rise
erhoffen hope

erhorchen hear by eavesdropping,
overhear
erinnern remind. s. — remember
die Erinnerung, -en recollection
erkennen, erkannte, erkannt realize,
recognize, recognize the truth of
die Erkenntnis, -se realization
erklären declare, explain
die Erklärung, -en explanation,
declaration
s. erkundigen inquire
erlangen get, achieve, acquire
die Erlaubnis, -se permission
erleben experience
erleichtern relieve
erlösen save
die Erlösung salvation
ermahnen remind
die Ermahnung, -en reminder
die Ermattung weariness
ermöglichen make possible
ernst serious
der Ernst seriousness. im —
seriously
ernsthaft serious
erraten, ie, a guess
erregen arouse, excite
die Erregung excitement
erreichen get, reach
der Ersatz substitute
erscheinen, ie, ie (ist) be published,
appear
erschöpfen exhaust
die Erschöpfung, -en exhaustion
erschrecken frighten
erschrecken, a, o (ist) get frightened
ersehnen long for
ersparen spare
erst only then, first. — recht instead, altogether. —ens firstly
erstatten make (a report)
erstarren stiffen
erstaunen be astonished
ersticken suffocate
der Erstickungsanfall, ⸚e attack of
suffocation
ertappen catch
ertönen sound
ertragen, u, a bear
erträglich bearable
erwachen (ist) awake
erwähnen mention
die Erwähnung, -en mention
erwarten expect
die Erwartung, -en expectation
erwecken awaken

erweisen, ie, ie   prove, show
erwerben, a, o   acquire
erzählen   tell
erzeugen   produce
erzielen   obtain
eßbar   edible
essen, a, e   eat
das Essen   meal, food, eating
die Essenz, -en   smelling salts
etwa   perchance
etwas   somewhat, something
ewig   eternal

der Faden, ⁔   thread
die Fähigkeit, -en   capacity
fahren, u, a (ist)   go, leave
der Fahrplan, ⁔e   timetable
die Fahrt, -en   trip
der Fall, ⁔e   case, fall
falsch   wrong
die Falte, -n   fold
falten   fold
das Familienmitglied, -er   family
  member
die Familienpflicht, -en   family duty
das Familienschmuckstück, -e   piece of
  family jewelry
fassen   seize. gefaßt   composed, prepared
die Fassung, -en   self-control
fast   almost
faul   lazy
die Faust, ⁔e   fist
die Feder, -n   pen
feierlich   solemn
die Feierlichkeit, -en   celebration
der Feiertag, -e   holiday
fein   fine
der Feind, -e   enemy
feindselig   hostile
das Feingefühl   sensitivity
die Feinheit, -en   subtlety
das Fensterblech, -e   window gutter
die Fensterbrüstung, -en   window sill
der Fensterflügel, -   window panel
der Fenstervorhang, ⁔e   window
  curtain
die Ferien (pl.)   vacation
die Ferne, -n   distance
fertig   ready, finished. — werden
  get finished
fest   sound, hard, secure
fest·halten, ie, a   hold fast
fest·nageln   nail to the spot
fest·riegeln   bolt shut
fest·stecken   get stuck

fest·stellen   ascertain
fest·werden, a, o (ist)   harden
das Fett, -e   fat
der Fetzen, -n   rag
feucht   damp
die Feuchtigkeit   dampness
das Feuer, -   fire
finden, a, u   find. s. — become clear,
  find oneself
finster   dark
die Firma, Firmen   firm
fix   fixed
flach   flat
die Flanke, -n   flank
die Flasche, -n   bottle
der Fleck, -e   spot
der Flecken, -n   spot
fleckig   soiled
das Fleisch   flesh, meat
der Fleischergeselle, -n, -n   butcher
  boy
fleißig   diligent
fliegen, o, o (ist)   fly
fließen, o, o (ist)   flow
flimmern   waver
die Flucht, -en   flight
flüchten (ist)   flee
flüchtig   fleeting
die Flüssigkeit, -en   liquid
flüstern   whisper
die Folge, -n   consequence
folgen (ist)   follow
die Forderung, -en   creditor's claim,
  demand
förmlich   literally
fort·bewegen   move from the spot
fort·gehen, ging fort, (ist) fortgegangen   go away
fort·schreiten (ist)   progress
fort·tragen, u, a   carry forth
fort·wirken   continue
die Fragerei   silly questioning
(das) Französisch   French
frei   open
das Freie   open country
freigelassen   set free
freilich   indeed
frei·stehen, stand frei, freigestanden
  be open
freiwillig   voluntary
fremd   strange
die Freude, -n   joy
freudig   joyous
friedlich   peaceful
frisch   fresh, go to it!
froh   glad
die Front, -en   façade
früher   former
das Frühjahr   spring

das Frühstücksgeschirr breakfast dishes
frühzeitig early
der Frühzug, ⁻e early train
fühlen feel
der Fühler, - feeler
führen lead
der Führer, - leader
füllen fill
fünfjährig five-year
fürchten fear. s. — be afraid
fürchterlich terrible
der Fußboden, ⁻⁻ floor
die Fußspitze, -n tip of the toe

die Gabel, -n fork
ganz whole, quite. — und gar altogether. — und gar nicht not at all
gänzlich entire
gar really, most of all. — nicht not at all
die Gasse, -n street
das Gasthaus, ⁻⁻er inn
geblümt flowered
das Gebot, -e commandment
gebrauchen use
gebühren be one's due
der Gedanke(n), - thought
die Geduld patience
die Gefahr, -en danger
gefährden endanger
der Gefallen, - favor, pleasure
die Gefangenschaft imprisonment
gefaßt calm, prepared
das Gefühl, -e feeling
gegen against, toward, by comparison with
der Gegensatz, ⁻⁻e contrast
der Gegenstand, ⁻⁻e object
das Gegenteil, -e opposite. im — on the contrary
gegenteilig opposite
gegenüber opposite, by comparison with, to
gegenüberliegen, a, e be situated opposite
die Gegenwart presence
gegenwärtig present
geheim secret
gehorchen obey
gehören belong
das Geländer, - railing
gelangen (ist) get into, come
gelegen situated, included
die Gelegenheit, -en opportunity
gelingen, a, u (ist), es gelingt succeed
gelten, a, o have standing
gemeinsam common, in common

gemeinschaftlich together
das Gemüse, - vegetable
gemütlich comfortable
genau exact
die Genehmigung, -en permission
genug enough
die Genüge sufficiency
genügen suffice
gerade just then, just, absolutely. —aus straight ahead. —wegs straightaway. —zu absolutely
geraten, ie, a (ist) get into
das Geräusch, -e sound
gering slight
gern gladly
der Geruch, ⁻⁻e smell
das Geschäft, -e business, firm, office. —e (pl.) sales
geschäftlich business
der Geschäftsdiener, - errand man
die Geschäftsleute (pl.) business people
die Geschäftsreise, -n business trip
geschehen, a, e (ist) happen, be done
der Geschmack, ⁻⁻e taste
das Gesicht, -er face, expression
gespannt curious, in suspense
das Gespräch, -e conversation
die Gestalt, -en shape
gestatten permit
gesund healthy
geteilt divided
s. getrauen trust oneself
die Gewalt, -en force. in der — haben have in control
die Gewalttat, -en act of violence
gewinnen, a, o win over, win, achieve
gewiß sure, kind of. —ermaßen so to speak
der Gewissensbiß, -e pang of conscience
gewöhnen accustom
die Gewohnheit, -en habit
gewöhnlich usual
die Gewöhnung habituation
gewölbt convex
gierig greedy
gießen, o, o pour
der Glanz splendor
glatt slippery
gleich at once, like, same. —falls also
das Gleichgewicht balance
gleichgültig indifferent
die Gleichgültigkeit indifference
gleichmäßig even

gleichzeitig simultaneous
gleiten, i, i (ist) slip
das Glück good fortune
glücklich glad, fortunate. —erweise
  fortunately
gnädig gracious. —e Frau Madame
der Goldknopf, ⸚e gold button
gönnen grant, allow
grau gray. —schwarz gray black
großartig splendid
der Grund, ⸚e bottom, reason
gründlich thorough
grundlos baseless
das Grußwort, -e word of greeting
der Gulden, - gulden
günstig favorable
die Güte goodness

das Haar, -e hair
halb half. — sieben half past six.
  —laut half aloud. —verfault half
  rotten
der Halbschlaf half-sleep
die Hälfte, -n half
hallen resound
der Hals, ⸚e neck
der Halt, hold
halten, ie, a hold, keep. — für
  consider to be
haltlos without support
halt·machen stop
die Haltung, -en attitude
die Handbewegung, -en motion of
  the hands
handeln act, concern
der Handelsakademiker, - student at
  business college
hängen, i, a hang
hartnäckig stubborn
häßlich ugly
hastig hasty
häufig frequent
hauptsächlich chief
der Haushalt, -e housekeeping
der Hausknecht, -e porter
die Hausmeisterin, -nen janitress
heben, o, o raise
heftig violent
das Heidengeld a pile of money
heikel uncertain, damaged
heilen heal
der Heilige, -n, -n saint
die Heimkehr, return home
heiß hot
helfen, a, o help
hell light

das Hemd, -en shirt
her (direction toward the speaker).
  —ab downward. —an toward, at
  it
heran·kommen, a, o (ist) come
heran·treten, a, e (ist) step up to
s. heraus·arbeiten work one's way out
heraus·finden, a, u find out
heraus·hören distinguish
heraus·kommen, a, o (ist) come out
heraus·schlüpfen slip out
s. heraus·stellen reveal itself
herbei·führen introduce
herbei·rufen, ie, u call to one
herein·bringen, brachte herein, herein-
  gebracht bring in. die Kosten —
  make up for the cost
herein·kommen, a, o (ist) come in
herein·lassen, ie, a let in
herein·stellen put inside one's door
herein·treten, a, e (ist) enter
her·geben, a, e give up
her·kommen, a, o (ist) come here
her·laufen, ie, au (ist) run along
  ahead of
der Herr, -n, -en gentleman. der —
  Chef (title of respect for the boss)
her·rollen roll ahead of one
die Herrschaft mastery
herrschen exist
herüber·kommen, a, o (ist) come
  over here
s. herum·drehen turn around
herum·fliegen, o, o (ist) fly around
herum·kriechen, o, o (ist) crawl
  around
herum·rollen (ist) roll around
herum·schauen look around
herunter·neigen bend down
hervor·brechen, a, o (ist) break forth
hervor·dringen, a, u (ist) push forth
hervor·eilen (ist) hasten forth
hervor·kommen, a, o (ist) come forth
hervor·quellen, o, o (ist) swell out
hervor·ragen (ist) stick out
hervor·stoßen, ie, o thrust forward
hervor·strömen (ist) stream forth
hervor·ziehen, o, o pull out
das Herz, -ens, -en heart
herzlich affectionate, sincere
heute today. — früh this morning
heutig of today
die Hilfe help
hilflos helpless
der Himmel, - sky
himmlisch heavenly
hin (direction away from speaker).
  — und her back and forth. vor
  sich — to oneself. —auf up

hinauf·kriechen, o, o (ist) crawl up
hinauf·sehen, a, e look up
hinaus·fliegen (ist) get fired
hinaus·kehren sweep out
hinaus·kommen, a, o (ist) get out
hinaus·lehnen lean out
hinaus·schaffen remove
hinaus·schaukeln (ist) rock out
hinaus·sehen, a, e look out
hinaus·tragen, u, a carry out
hinaus·werfen, a, o throw out
der Hinblick, -e view
hindern hinder
das Hindernis, -se difficulty, obstacle
hinein in
hinein·rennen, rannte hinein, (ist)
  hineingerannt run into (the room)
hinein·schauen have a look at
hinein·schieben, o, o shove in
hinein·stellen put inside
hinein·stoßen, ie, o poke
hinein·tauchen (ist) plunge in
hin·fallen, ie, a (ist) fall down
hinfällig feeble
hin·gehen, ging hin, (ist) hingegangen
  go toward
hinken limp
hin·nehmen, a, o take in one's stride
hin·schieben, o, o push toward
hin·stellen put down
hin·strecken stretch out
hinten behind
hinter behind, after. —einander one
  after the other
der Hinterkopf, ⸚e back of the head
hinterlassen, ie, a leave
hin·treten, a, e (ist) step before
hinüber·lugen peek over at
hinüber·sehen, a, e look across
hinunter·jagen chase down
hinunter·schlucken swallow
hinunter·steigen, ie, ie (ist) climb
  down
hinunter·werfen, a, o throw down
hinweg away
hin·wehen blow away
der Hinweis, -e indication,
  referring
hin·wenden turn toward
hin·werfen, a, o throw down
hin·ziehen, o, o draw out
hoch high
hoch·schichten pile high
hoffentlich it is to be hoped
die Hoffnung, -en hope
die Hoffnungslosigkeit hopelessness
die Höflichkeit politeness
die Höhe, -n height. in der —, in
  die — on high

die Höhle, -n cave
holen fetch, get
der Holzdeckel, - wooden cover
die Holztür, -en wooden door
horchen listen, eavesdrop
hören hear, listen
das Hörensagen hearsay
die Hosentasche, -n trouser pocket
hübsch pretty
hundertmal a hundred times
husten cough
der Husten, - cough
das Hutgeschäft, -e hat store

die Idee, -n idea
ihrerseits on their part
immerfort continuously
immerhin in any case
imstande sein be capable
infolge as a consequence. —dessen
  consequently
das Inkasso cash from collections on
  bills outstanding
inmitten in the midst of
inne·halten, ie, a stop
innen inside
inner inner. —halb within
insgesamt all together
das Interesse, -n interest
irgend some. —ein some kind of.
  — jemand anyone. —welch any
  —wie somehow. —wo some-
  where
s. irren make a mistake
irrsinnig crazy

jagen chase
das Jahr, -e year
die Jahreszeit, -en season
je each — (with comparative)
  . . . desto (with comparative)
  . . . the . . . the . . . — nach accor-
  ding to. —mals ever
jed- every. —er everyone. —enfalls
  in any case. —esmal every time
jedoch yet
jemand someone
jetzig present
jucken itch
der Junge, -n, -n boy

der Kälteschauer, - cold shiver
kämpfen fight
das Kanapee, -s sofa
die Kanne, -n pot
das Kapital, -ien capital

die Kappe, -n cap
die Kartoffel, -n potato
der Käse, - cheese
die Kassiererin, -nen cashier
der Kasten, - chest of drawers
kauen chew
kaum hardly, only recently
kein no. —er no one. —eswegs
  by no means
kennen, kannte, gekannt know
der Kiefer, - jaw
kindlich childlike
das Kinn, -e chin
die Kiste, -n crate
kitzeln tickle
die Klage, -n complaint
klagen speak softly, complain
kläglich pitiful
der Klang, ̈e sound
klar clear
klatschen clap, smash
die Klatscherei, -en gossip
kleben stick
der Klebstoff sticky substance
das Kleid, -er costume
s. kleiden dress
der Kleiderhaken, - clothes hook
der Kleiderrechen, - row of
  clothes hooks
die Klemme, -n fix
klingen, a, u sound
die Klinke, -n latch
klopfen knock
klug perceptive
knapp close, barely enough
knarren creak
der Knäuel, - ball
kniefällig on on's knees
der Knochen, - bone
der Knochenbau bone structure
knochig bony .
der Knopf, ̈e button
kochen cook
die Köchin, -nen cook
die Kollektion, -en collection
  (of samples)
der Kommis, - clerk
kompliziert complicated
der Kopf, ̈e head. es sich in den
  — setzen get it into one's head
das Kopfende, -n head end
der Körper, - body
körperlich physical
die Körpermasse mass of the body
der Krach, -e bang, noise

die Kraft, ̈e strength, force. nach
  ̈en as best one can
kräftig strong
kräftigen strengthen
der Kragen, - collar
der Kram junk
kramen rummage
krank sick
kränken upset
das Krankenhaus, ̈er hospital
der Krankenkassenarzt, ̈e health
  insurance doctor
kratzen scratch
die Kredenz, -en sideboard
der Kreis, -e circle
krepieren (slang) die
kreuz und quer back and forth
kreuzen cross
kriechen, o, o (ist) crawl
der Krückstock, ̈e curvehandled
  cane
der Kübel, - pail
die Küche, -n kitchen
kühl cool
s. kümmern bother about, care for
der Kunde, -n, -n customer
kündigen give notice
kurz short. seit —em recently.
  vor —em a short time ago
küssen kiss

lächeln smile
das Lächeln, - smile
lachen laugh
lächerlich ridiculous
der Lackstiefel, - patent-leather
  boots
die Lage, -n position, situation
die Länge, -n length
langsam slow
längst long since, for a long time
der Lärm noise
lärmen make noise
lassen, ie, a let, let go, make.
  s. sehen — let oneself be seen
lässig careless
die Last, -en burden, weight
die Laubsäge, -n fretsaw
die Laubsägearbeit, -en fretsaw
  work
der Lauf, ̈e course, running
laufen, ie, au (ist) run
die Lauigkeit softness
die Laune, -n mood
der Laut, -e sound
läuten ring
lauter nothing but
die Lebensweise, -n way of life
lebhaft lively

leblos lifeless
das Leder, - leather
das Ledersofa, -s leather sofa
lediglich only
leer empty
legen lay
lehnen lean
der Lehnstuhl, ⸚e armchair
der Lehrjunge, -n, -n office boy
der Leib, -er body, belly. am eigenen
  — experience to one's own hurt
die Leiche, -n corpse
leicht light, easy, slight
leichtfüßig light-footed
der Leichtsinn carefreeness
leiden, i, i suffer
leider unfortunately
das Leintuch, ⸚er sheet
leise soft
leisten accomplish, do
die Leistung, -en achievement
die Lektüre, -n reading
lenken guide
lernen learn
lesen, a, e read
letzt recent, last
leuchten shine
leugnen deny
das Licht, -er light
die Liebe love
lieber preferably
liebkosen caress
das Lieblingsessen favorite food
das Lieblingsgetränk, -e favorite
  drink
liegen, a, e lie, consist. gelegen
  situated
die Linie, -n line
link- lefthand. —s on the left
die Linke left hand
die Lippe, -n lip
die Livree, -n uniform
der Livreerock, ⸚e uniform coat
loben praise
locken lure
lockern loosen
lohnen reward
los up
los·lassen, ie a let go
los·reißen, i, i tear loose
los·werden, a, o (ist) get rid of
die Luft, ⸚e air
lüften raise
das Luftloch, ⸚er air hole
der Lump, -en rascal
die Lust, ⸚e desire

machen make, do. sich daran—
  get going at (a task)

die Macht, ⸚e force
mächtig powerful
mager thin
die Mahlzeit, -en meal
mahnen warn
makellos spotless
das Mal, -e time. mit einem —e
  suddenly
mal just! do!
manch- some. —es some things.
  —mal sometimes
die Mandel, -n almond
der Mangel, ⸚ lack
mannigfach varied
der Mantel, ⸚ coat
(der) März March
matt dull
mehr more, further. nicht — no
  longer. —mals several times
meinen mean, think
die Meinung, -en opinion. der —
  sein be of the opinion. ihrer —
  nach in her opinion
meist mostly. —ens mostly
melden report
die Meldung, -en report
der Mensch, -en, -en man, human,
  person
das Menschenzimmer, - person's
  room
menschlich human
merken notice
das Messer, - knife
der Mieter, - renter
die Militärzeit time of military
  service
mischen mix
das Mißlingen failure
das Mißtrauen distrust
der Mistkäfer, - tumblebug
mit·arbeiten co-operate
mit·helfen, a, o help
mitleidig sympathetic
mit·spielen play a part
der Mittag, -e noon
das Mittagessen, - noon meal
die Mitte, -n middle
die Mitteilung, -en news
das Mittel, - means, way
mitten in the middle
mittler- middle
die Möbel (pl.) furniture
möbelerschütternd furniture-
  shaking
das Modengeschäft, -e fashion shop

möglich possible. —**st** as possible.
—**erweise** possibly
die **Möglichkeit**, -en possibility,
opportunity. **nach** — as far as
possible
der **Monat**, -e month
der **Morgen**, - morning
die **Morgenarbeit**, -en morning
work
der **Morgennebel** morning mist
die **Morgenstunde**, -n morning hour
müde weary
die **Müdigkeit** weariness
die **Mühe**, -n effort, trouble
mühevoll hard-working
der **Mund**, ⁻⁻e mouth
die **Munterkeit** cheer
mürbe tender
murmeln murmur
mürrisch grumbling
die **Musterkollektion**, -en sample
collection
der **Mut** courage
die **Mütze**, -n cap

nach after, to. —**her** afterward
der **Nachbar**, -n neighbor
**nachdenken, dachte nach, nach-
gedacht** think over
nachdrücklich emphatic
nach·fliegen, o, o (ist) fly after
nach·fragen inquire
nach·helfen, a, o help along
nach·hüpfen (ist) hop after
der **Nachklang**, ⁻⁻e persistence of
sound
nach·laufen, ie, au (ist) run after
nachlässig careless
nachmittags afternoons
nach·schleppen drag behind
nach·sehen, a, e ascertain
das **Nachtessen** evening meal
das **Nachthemd**, -en nightdress
das **Nachtmahl**, -e evening meal
nah(e) near, close
die **Näharbeit**, -en sewing work
die **Nähe** proximity
nähen sew
s. nähern approach
nähren feed
die **Nahrung** nourishment
das **Nähzeug** sewing materials
der **Napf**, ⁻⁻e bowl
die **Narbe**, -n scar
der **Narr**, -en, -en fool
die **Narrheit**, -en foolishness

närrisch mad
natürlich of course
der **Nebel**, - fog
nebenan next door
nebenbei by the way
das **Nebenzimmer**, - adjacent room
nehmen, a, o take, take away
neigen incline
nett nice
neu new, anew
neuartig new sort of
neuerdings again
neuerlich renewed
neugierig curious
die **Neuigkeit**, -en piece of news
nicht not. — **einmal** not even. —**s**
nothing. —**s als** nothing but
nicken nod
nie never. —**mals** never
nieder·beugen bend down
nieder·drücken press down
nieder·fallen, ie, a (ist) fall down
nieder·fliegen, o, o (ist) fly down
nieder·fließen, o, o (ist) flow down
nieder·gleiten, i, i (ist) slide down
nieder·kämmen comb down
nieder·schlagen, u, a knock down
nieder·sinken, a, u (ist) sink down
niemand no one
noch still, yet, more, ever. — **so
kalt** ever so cold. —**mals** again
die **Not**, ⁻⁻e difficulty
die **Note**, -n note, *(pl.)* music
das **Notenpult**, -e music stand
die **Notenzeile**, -n line of music
der **Notfall** moment of need, case
of need, emergency
nötig necessary. — **haben** need
die **Notwendigkeit**, -en necessity
nun now, well. — **einmal** once and
for all, unavoidably. **von** — **ab**
from now on
nur only, ever
die **Nüster**, -n nostril
nutzlos useless

ob whether
oben above, on high, at the head of
the table
der **Oberkörper** upper part of the
body
die **Obstschale**, -n fruit bowl
offen open. —**bar** obvious,
apparent
die **Öffnung**, -en opening
öfters often
die **Ohnmacht**, -en faint
ohnmächtig in a faint
ohnmachtsähnlich similar to a faint

das Opfer, -   victim
opfern   sacrifice
ordnen   arrange
die Ordnung, -en   order
der Ortswechsel, -   change of place

paar: ein —   a few
packen   seize
panzerartig   armorlike
paradieren   show off
die Partie, -n   part
passen   fit. —d   suitable
passieren   happen
peinlich   embarrassing, painstaking,
   particular
die Peinlichkeit, -en   embarrassment
die Pelzboa, -s   fur neckpiece
der Pelzhut, ⁺⁺e   fur hat
der Pelzmuff, -e   fur hat
das Pelzwerk   furs
das Personal   personnel, employees
pfeifen, i, i   whistle. vor sich hin—
   whistle in surprise
pflegen   be accustomed, customary,
   care for
die Pflicht, -en   duty
piepsen   squeak
der Plafond, -s   ceiling
die Plage, -n   bother, trouble
plötzlich   sudden
plump   awkward
der Polster, -   cushion
der Posten, -   job
praktisch   practical
der Preis, -e   price
der Prinzipal, -e   store owner
der Prokurist, -en, -en   chief clerk
die Provision, -en   commission
prüfen   test, verify. —d   searching
die Prüfung, -en   verification
das Pult, -e   desk
das Pünktchen   dot
putzen   polish

das Quadratmeter, -   square meter
   (approx. square yard)
quälen   torment
die Quälerei, -en   torment

ragen   stick out
der Rahmen, -   frame
der Rand, ⁺⁺er   edge
rasch   quick
der Rat, ⁺⁺e   advice, counsel
die Ratlosigkeit   not knowing what
   to do
rauben   rob
der Rauch   smoke

rauchen   smoke
rauh   rough
der Raum, ⁺⁺e   space, room
rauschen   rustle
reagieren   react
recht   right, proper. —s   on the
   right. — geben   believe an argu-
   ment right. — haben   be right
die Rechte   right hand
die Rede, -n   speech, talk. die —
   sein von   be a question of
reden   talk
die Redensart, -en   turn of speech
regelmäßig   regular
regelrecht   absolutely
der Regen   rain
der Regentropfen,   rain drop
reiben, ie, ie   rub
reichen   stretch
reichlich   plentiful
rein   pure
reinigen   clean
die Reinigung, -en   cleaning
die Reinlichkeit   cleanliness
die Reise, -n   trip
reisen (ist)   travel
der Reisende, -n, -n   traveling
   salesman
der Respekt   respect
retten   save
die Rettung, -en   rescue
richten   direct
richtig   regular, right
die Richtung, -en   direction
die Riesengröße   gigantic size
riesig   gigantic
rings   around. —herum   all around
der Rock, ⁺⁺e   skirt, coat
   (of a man's suit)
roh   rough
die Rosine, -n   raisin
rot   red
rücken   shove by jerks
der Rücken, -   back
die Rückenlage, -n   position of
   lying on one's back
die Rückenlehne, -n   back
das Rückgrat   backbone
die Rückkehr, -en   return
die Rücksicht, -en   sparing, reserve,
   consideration. — nehmen   have
   regard
die Rücksichtnahme   consideration
rücksichtslos   harsh
rücksichtsvoll   considerate
rückwärts   backwards

der Rückwärtslauf running backwards
ruckweise by jerks
rufen, ie, u call
die Ruhe peace, calm
ruhig quiet, calm, at peace
rühren touch. —d touching.
  s. — be moved, move
die Rührung emotion
das Rumpelzeug junk
die Runde, -n circle
s. runden become round
der Rundgang, ⁼e trip around

die Sache, -n thing, (slang) business
der Sachverhalt situation
sachverständig expert
salzen, salzte, gesalzen salt
sammeln collect
samt und sonders all together
sämtlich all
sanft gentle
satt satisfied. — haben have
  enough of
saugen, o, o suck
sausen rush
der Schaden, - damage, harm
schaffen, u, a create. schaffen
  make. aus der Wohnung — get
  someone out of the house
schälen shell, unwrap
die Scham shame
scharf sharp
scharren scratch
schätzen appreciate
schauen look
schaukeln rock
die Scheibe, -n windowpane
scheiden, ie, ie distinguish between
der Schein light
scheinen, ie, ie seem
die Scheitelfrisur, -en part (of hair)
die Scheu backwardness
scheuen shrink from
scheuern rub
schicken send
schieben, o, o shove
schief crooked
die Schläfrigkeit sleepiness
der Schlafrock, ⁼e bathrobe
der Schlag, ⁼e blow
schlagen, u, a strike
schleppen drag
schleudern hurl
schließen, o, o close, conclude
schließlich finally

schlimm bad
das Schloß, ⁼er lock
der Schlosser, - locksmith
schluchzen sob
schlummern doze
der Schluß, ⁼sse conclusion
der Schlüssel, - key
schmecken taste good
das Schmeichelwort, -e flattering
  word
der Schmerz, -en pain
schmerzen hurt
schmerzhaft painful
der Schmutz dirt
schmutzig dirty
der Schmutzstreifen, - dirt streak
schnappen snap
schnaufen snort
schneiden, i, i cut
der Schnitt, -e cut
die Schnitte, -n slice
schnitzen carve
schon already, indeed
schonen spare
schön beautiful
die Schonung, -en sparing
der Schoß, ⁼e lap
der Schrecken, - fright, horror
die Schreckgestalt, -en frightening
  shape
schrecklich terrible
der Schrei, -e cry
der Schreibtisch, -e desk
schreien, ie, ie cry
der Schritt, -e step
die Schuld, -en debt, fault
schulden owe
die Schulter, -n shoulder
die Schüssel, -n serving dish
schütten dump
schütteln shake
der Schutz protection
schwach weak
die Schwäche, -n weakness
schwanken wave
schwärmerisch enthusiastic
schwarz black
schweigen, ie, ie be silent
schwenken wave
schwer heavy, serious, hard.
  —krank seriously ill
die Schwere heaviness
schwerfällig slow
die Schwerhörigkeit hearing
  difficulty
schwierig difficult
die Schwierigkeit, -en difficulty
schwimmen, a, o swim, float

der Schwindelanfall, ⸚e   attack of dizziness
schwingen, a, u   swing
schwirren   whirr
der Schwung, ⸚e   push
der Schwur, ⸚e   oath
sehen, a, e   see, look. gerade vor sich hin—   look straight ahead
sehr   very, very much
die Sehkraft   sight
seit   since
der Seitenblick, -e   sidewards glance
seitlich   sidewards
seitwärts   sidewards
selbst   self, *(preceding word)* even
selbständig   on one's own
die Selbstüberwindung   self-control
selbstverständlich   matter of course
das Selbstvertrauen   self-confidence
der Selbstvorwurf, ⸚e   self-reproach
selten   rare
senken   lower
die Serviette, -n   napkin
der Sessel, -   armchair
der Seufzer, -   sigh
sicher   certain
die Sicherheit, -en   confidence, safety
sichtbar   visible
der Sinn, -e   sense, meaning, attitude. aus dem — kommen   be forgotten
sinnlos   senseless
der Sitz, -e   seat
soeben   just then
sofort   at once
sogar   even
die Sohle, -n   sole
sonderbar   strange
sondern   but
sonst   otherwise, formerly
sonstig   other
die Sorge, -n   worry, care
sorgen   care for. s. — worry
sorgenvoll   sad
die Sorgfalt   care
sorgfältig   careful
sorglos   carefree
sosehr (auch)   however much
die Soße, -n   sauce
soweit   as far as
sowohl . . . als auch   not only . . . but also
die Spalte, -n   crack
spannen   pull tight. —d   tense
die Spannung, -en   suspense
die Sparsamkeit   thrift
der Spaß, ⸚e   joke

spät   late
spazierengehen, ging spazieren, (ist) spazierengegangen   take a walk
der Spaziergang, ⸚e   walk
speien, ie, ie   spit
die Speise, -n   food
die Speisekammer, -n   larder
der Speiseüberrest, -e   food leftover
das Spiel, -e   game, playing
spionieren   peek
die Spitze, -n   point
der Splitter, -   splinter
die Sprache   language
sprechen, a, o   speak
spreizen   spread
springen, a, u (ist)   jump
der Sprung, ⸚e   jump
die Spur, -en   trace
spüren   feel
städtisch   urban
stampfen   stamp
ständig   steady
stark   strong
starr   immovable. —köpfig   obstinate
der Starrsinn   stubbornness
statt   instead. — dessen   instead
der Staub   dust
staunen   be astonished
stecken   insert
stehen·bleiben, ie, ie (ist)   remain untouched, stand still
stehen·lassen, ie, a   leave untouched
steif   stiff
steigen, ie, ie (ist)   climb
die Stelle, -n   place. auf der — on the spot. von der — bringen   move
stellen   place. s. — take a stand
die Stellung, -en   position
stemmen   brace
sterben, a, o   die
stets   always
die Stiefelsohle, -n   shoe sole
still   quiet
die Stille   silence
das Stillschweigen   silence
die Stimme, -n   voice
die Stimmung, -en   mood
die Stirn, -en   forehead
der Stock, ⸚e   cane
der Stockbehälter, -   umbrella stand
stocken   hesitate
das Stockwerk, -e   floor
stolpern   stumble
der Stolz   pride

stolz proud
stören disturb
die Störung, -en disturbance
der Stoß, ⁔e push
stoßen, ie, o bump, push
die Strafe, -n punishment
straff tight
s. sträuben stand on end
die Straußfeder, -n ostrich feather
streben strive
strecken stretch out
streifen graze, touch upon
der Streit, -e fight
die Strenge severity
der Strom, ⁔e stream
das Stubenmädchen, - chamber maid
das Stück, -e piece. ein großes —
  a good ways
die Stufe, -n step
stumm dumb, silent
die Stumpfheit dazed condition
die Stunde, -n hour. stundenlang
  for hours
stützen support
suchen seek
die Summe, -n sum
süß sweet
süßlich sweetish

tagaus, tagein day after day
die Tageszeit, -en time of day
täglich daily
die Tapete, -n wall paper
tanzen dance
tapfer brave
tappen tap
die Tasche, -n pocket
tasten grope
tatsächlich as a matter of fact,
  actually
tauchen (ist) plunge
der Teil, -e part. zum — in part
teils partly
der Teller, - plate
das Tempo, -pi timing
der Teppich, -e rug
der Teufel, - devil
das Thema, Themen subject
tief deep, low
das Tier, -e beast
die Tierstimme, -n animal voice
der Tod, -e death
tödlich fatal
der Ton, ⁔e tone
tot dead
die Trage, -n basket

tragen, u, a carry, wear
die Träne, -n tear
tränen shed tears
tränenlos dry-eyed
die Trauer, -n sorrow
der Traum, ⁔e dream
treiben, ie, ie do
trennen separate
die Treppe, -n stairway
das Treppenhaus stairwell
treten, a, e step
treu faithful
trocken dry
der Tropfen, - drop
tropfen drip
trotz in spite of. —dem even
  though
der Trotz defiance, negativism
trübe unclear
der Trubel, - confusion
die Tuchware, -n material, textile
tüchtig proper
tun, tat, getan do. zu — haben
  have difficulty in
der Türflügel, - door panel
die Türklinke, -n door handle
die Turmuhr, -en clock on the
  tower
die Türöffnung, -en door opening
die Türspalte, -n crack of the door
tuscheln whisper

üben practice
über over. Zeit — throughout
überan·strengen overexert
überaus altogether
das Überbleibsel, - remains
der Überblick, -e over-all view
überdeutlich all too clear
überdies besides
überdrüssig surfeited, tired
das Übereinkommen, - agreement
überfallen, ie, a come over
überflüssig superfluous
überglücklich joyous
überhaupt altogether, after all.
  — nicht not at all
überirdisch supernatural
überkommen, a, o seize
überkriechen, o, o crawl over
überlassen, ie, a leave. ihn sich
  selbst — leave to his own
  devices
überlegen consider
die Überlegung, -en consideration
übermüdet overtired
übernachten spend the night
übernehmen, a, o carry over,
  undertake

überraschen surprise
die Überraschung, -en surprise
überreden persuade
überreich overly lavish
überschreiben, ie, ie write up
überschüssig superfluous
der Überschwung roll over
über·siedeln (ist) move
die Übersiedelung, -en move
überstehen, überstand, überstanden get over
übertreiben, ie, ie exaggerate
überwinden, a, u overcome. s. — control oneself
überzeugen convince
die Überzeugung, -en conviction
der Überzieher, - overcoat
übrig rest of. im —en moreover
übrig·bleiben (ist) be left, remain
übrigens moreover
die Übung, -en practice. aus der — kommen be no longer practiced
die Uhr, -en clock. halb sieben — half past six
um about, at, for. — zu in order to. — so (with comparative) all the
umarmen put one's arms around
um·bringen, brachte um, umgebracht kill
um·drehen turn
die Umdrehung, -en turn
der Umfang size
umfangen, i, a embrace
umflattern fly around
umfließen, o, o flow around
umgeben, a, e surround
die Umgebung, -en surrounding area
umher (herum) around
umschlingen, a, u entwine in embrace
s. um·sehen, a, e look around
der Umstand, ⁺e circumstance
umständlich bothersome, with much ado
um·stellen rearrange
umtanzen circle around, dancing
umwehen come over
um·werfen, a, o overturn
unangenehm unpleasant
die Unannehmlichkeit, -en unpleasantness
unauffindbar lost
unaufhörlich ceaseless
unbedingt without fail, absolutely
unbefriedigend unsatisfactory
unbegreiflich incomprehensible
unbegründet unjustified
unbekannt unknown
unbequem uncomfortable

unberechtigt unjustified
unberührt untouched
unbeweglich motionless
unbewußt unconscious
unbrauchbar having no use
undeutlich unclear
undurchführbar impossible of execution
unentbehrlich indispensable
unerbittlich relentless
unerhört unheard of
unerträglich unbearable
unerwartet unexpected
unfähig incapable
ungeduldig impatient
ungeheuer monstrous, enormous
ungemein uncommon
ungenießbar inedible
ungeschickt awkward
ungestört undisturbed
die Ungewißheit, -en uncertainty
ungewöhnlich unusual
das Ungeziefer, - vermin
unglaublich incredible
das Unglück misfortune
unglücklich unfortunate
die Unhöflichkeit, -en impoliteness
der Uniformrock, ⁺e coat of a uniform
unmittelbar immediate, direct
unmöglich impossible
die Unmöglichkeit, -en impossibility
unnötig unnecessary
unnütz useless
die Unordnung disorder
der Unrat garbage
unrecht (haben) to be wrong
unregelmäßig irregular
die Unruhe, -n unrest
unruhig agitated
unschädlich harmless
unschuldig innocent
unsicher uncertain
unsichtbar invisible
unsinnig senseless
untätig inactive
unten below
unter amid, among, under
unter- lower
der Unterarm, -e forearm
unterbrechen, a, o interrupt
unter·bringen, brachte unter, untergebracht find a place for
unterdrücken repress

unterhalten, ie, a entertain. —d
 entertaining. s. — converse
die Unterhaltung, -en entertainment,
 conversation
unterlassen, ie, a refrain from
der Unterleib, -er abdominal region
untermischen mingle
unternehmen, a, o undertake
der Unternehmer, - proprietor
der Unterschied, -e difference.
 zum — von unlike
die Untersuchung, -en investigation
unterziehen, o, o subject
das Untier, -e monster
unüberlegt unpremeditated
ununterbrochen uninterrupted
ununterscheidbar indistinguishable
unverändert unchanged
unverkennbar unmistakable
unverletzt uninjured
unverständlich incomprehensible
unweigerlich undeniable
der Unwillen reluctance
das Unwohlsein indisposition
die Unzahl, -en vast number
unzugänglich unapproachable
üppig luxuriant
die Ursache, -n cause
ursprünglich original
das Urteil, -e judgment

s. verabschieden take leave
verändern change
die Veränderung, -en change
die Veranlassung, -en cause
die Verantwortung responsibility
s. verbeugen bow
die Verbeugung, -en bow
verbinden, a, u join
die Verbindung, -en connection
verbissen grim
verbittern embitter
das Verbot, -e prohibition
der Verbrauch consumption
verbrennen, verbrannte, verbrannt
 burn
verbringen, verbrachte, verbracht
 spend
der Verdacht suspicion. — fassen
 become suspicious
verdächtig suspicious, suspect
verdecken cover
verdienen earn
verdrehen turn
der Verein, -e association
vereinigen unite

die Vereinigung, -en union
verfallen, ie, a (ist) fall
verfangen, i, a be of use
die Verfassung, -en state of mind
verfaulen rot
verfluchen curse
verfolgen dun, pursue, follow
die Verfolgung, -en pursuit
die Vergangenheit past
vergebens in vain
vergehen, verging, (ist) vergangen
 pass, be gone. vergangen last
vergessen, a, e forget
der Vergleich comparison
das Vergnügen, - pleasure
die Vergnügung, -en amusement
vergoldet gilded
vergraben, u, a bury
die Vergünstigung, -en favor
verhalten, ie, a hold back. s. —
 keep, conduct oneself
das Verhältnis, -se relation,
 (pl.) situation
verhältnismäßig comparatively
verhindern prevent
verhüllen hide
verhungern die of hunger
verjagen chase away
verkaufen sell
die Verkäuferin, -nen saleswoman
verkäuflich saleable
der Verkehr traffic, intercourse
verkosten taste
die Verkühlung cold
verlangen demand, long
das Verlangen, - longing
verlassen, ie, a leave, abandon
verletzen injure
verlieren, o, o lose
verlocken lure
die Verlorenheit absent-mindedness
vermeiden, ie, ie avoid
vermieten rent
vermischen mix
das Vermögen, - fortune.
 —sverhältnisse (pl.) financial
 affairs
vernachlässigen neglect
der Vernunftgrund, ̈-e sensible
 reason
vernünftig reasonable
verpflichten obligate
verrammeln block
verraten, ie, a betray
versagen fail. s. — deny oneself
versammeln gather
versäumen miss, waste, fail
das Versäumnis, -se defection
verschaffen procure

verschieden various
verschlafen, ie, a sleep through
verschließen, o, o lock
die Verschlimmerung worsening
verschnaufen catch one's breath
verschonen spare
verschütten spill
verschwinden, a, u (ist) disappear
versehen, a, e provide
versetzen transport
versinken, a, u (ist) sink.
  versunken absorbed
versorgen take care of
versperren lock
versprechen, a, o promise
der Verstand sense
verständigen inform s. —
  communicate
das Verständnis, -se understanding
der Verstand understanding, mind
verstecken hide
verstehen, verstand, verstanden
  understand, know how
die Versteifung, -en stiffening
verstellen block
verstummen fall silent
der Versuch, -e attempt
versuchen try
vertauschen exchange
vertragen, u, a bear
das Vertrauen confidence
vertrauenswürdig dependable
vertreiben, ie, ie drive away
verursachen cause, occasion
verurteilen condemn
verwandeln change
die Verwandlung transformation, metamorphosis
der Verwandte, -n, -n relative
verweint tearful
verwenden use
verwinden, a, u overcome
die Verwirklichung realization
verwirren confuse
die Verwirrung, -en confusion
verwischen conceal
die Verwundung, -en wound
die Verwunderung wonder
verzehren consume
verzichten do without, give up
s. verziehen, o, o withdraw
verzweifeln despair
die Verzweiflung despair
vielleicht perhaps
vielmehr rather
das Viertel, - quarter
viertelstundenlang for quarters of an hour on end

viertelstündig a quarter of an hour's
der Volksschüler, - elementary school pupil
voll full
der Vollbart, ⸚e full beard
vollenden complete
völlig complete
vollkommen perfect
vollständig complete
vollziehen, o, o carry out
vor in front of, ago, before, for, from. — allem above all. —erst first of all
die Vorahnung, -en presentiment
die Voraussicht, -en foresight
voraussichtlich as far as one can foresee
vor·behalten, ie, a reserve
vor·bereiten prepare
die Vorbereitung, -en preparation
vor·beugen bend forward
der Vorbote, -n, -n advance messenger
vor·dringen, a, u (ist) push forward
der Vorfall, ⸚e event
vor·fallen, ie, a (ist) happen
die Vorführung, -en performance
der Vorgang, ⸚e event
der Vorgesetzte, -n, -n superior, boss
vorgestern day before yesterday
vor·haben intend
vor·halten, ie, a hold in front of one
vorhanden (sein) exist
vor·kommen, a, o (ist) seem
vorläufig for the time being
vor·lesen, a, e read aloud
das Vormerkbuch, ⸚er memorandum book
der Vormittag, -e forenoon
vormittägig morning's
vorn(e) at the front
der Vorplatz, ⸚e landing
vor·rücken push forward
vor·schieben, o, o shove forward
vor·schießen, o, o shoot forth
die Vorsicht caution
vorsichtig cautious
s. vor·stellen imagine
die Vorstellung, -en imagining, idea
der Vorteil, -e advantage
vorüber past
vorüber·kommen, a, o (ist) come past
das Vorurteil, -e prejudice
s. vor·wagen venture forward

88

vorwärts forward
vorwärts·springen, a, u (ist)
 jump forward
vorwärts·stoßen, ie, o push forward
vorwärts·treiben, ie, ie drive forward
der Vorwurf, ⸚e reproach
das Vorzimmer, - front hall

wachen watch
wach·bleiben, ie, ie (ist) stay awake
wachsen, u, a (ist) grow
wagen dare
der Wagen, - car
wählen choose
wahr true
während during, while
wahrhaftig truthful
wahrheitsgetreu truthful
wahrscheinlich probable
die Wand, ⸚e wall
die Wanderung, -en trip on foot
die Wange, -n cheek
wanken (ist) totter
die Wärme warmth
warten wait
die Wartung care
die Wäsche, -n underclothes
wechseln change
wecken wake
der Wecker, - alarm clock
die Weckuhr, -en alarm clock
weder ... noch neither ... nor
weg away
der Weg, -e path, way
wegen because of
weg·fahren, u, a (ist) leave
weg·fliegen, o, o (ist) fly away
weg·gehen, ging weg, (ist) weg-
 go away gegangen
weg·nehmen, a, o take away
weg·schaffen remove
weg·schicken send away
weg·werfen, a, o throw away
weh·tun, tat weh, wehgetan hurt
wehmütig melancholy
s. wehren defend oneself
weich soft
s. weigern refuse
(die) Weihnachten (pl.) Christmas
der Weihnachtsabend, -e Christmas
 Eve
weil because
die Weile while
weinen cry
der Weinkrampf, ⸚e paroxysm of
 weeping

die Weise, -n manner
weit far
weiter further. —hin further. ohne
 —es without further ado
weiter·gehen, ging weiter, (ist) weiter-
 gegangen continue
weiter·laufen, ie, au (ist) run further
weiter·reden go on speaking
weiter·schlafen, ie, a sleep on
weiter·schleppen drag further
weiter·schreiben, ie, ie write on
welch what. —er which
die Welt, -en world
wenden turn
die Wendung, -en turning
wenig little. —stens at least
wenn when, if
werfen, a, o throw
das Werkzeug, -e tool
das Wetter weather
wichtig important
wider contrary to
widerlich disgusting
die Widerrede, -n objection
der Widerspruch, ⸚e contradiction
der Widerstand, ⸚e resistance
der Widerwillen disgust
wie as, as if, how. — ... auch
 however ...
wiederholen repeat
die Wiederkehr return
wieder·kommen, a, o (ist) return
wiederum again
der Willen will. um ... willen for
 the sake of
die Willkür anarchy
s. winden, a, u worm one's way
der Winkel, - corner
wirken have an effect
wirklich real
die Wirklichkeit reality
die Wirtschaft, -en household
wischen wipe
die Witwe, -n widow
die Woche, -n week. wochenlang
 for weeks
wohl well, indeed, probably. ihm ist
 nicht — he does not feel well
das Wohlbehagen well-being
wohlbekannt familiar
der Wohlstand prosperity
die Wohltat, -en benefaction
wohl·tun, tat wohl, wohlgetan do
 good
wohnen live
die Wohnung, -en apartment, house
der Wohnungswechsel, - change of
 residence
womöglich if possible

die **Wunde** wound
das **Wunder,** - miracle
s. **wundern** wonder
wund·reiben, ie, ie scrape
der **Wunsch, ⸚e** wish
der **Wurf, ⸚e** throw
die **Wut** rage
wüten rage

die **Zacke, -n** point
die **Zahl, -en** number
der **Zahn, ⸚e** tooth
zahnlos toothless
zappeln wiggle
das **Zartgefühl** tact
das **Zeichen,** - sign. **zum —** as a
  sign
der **Zeigefinger,** - index finger
zeigen show, point. **es zeigt sich** it
  becomes evident
der **Zeiger,** - hand of clock
die **Zeile, -n** line
die **Zeit, -en** time. **eine —lang** for a
  time. **zeitraubend** time-consuming
der **Zeitpunkt, -e** moment
die **Zeitschrift, -en** magazine
zerbrechen, a, o break to pieces
die **Zeitung, -en** newspaper
zerschneiden, i, i cut apart
zerstören distort
die **Zerstreutheit** absent-mindedness
die **Zerstreuung, -en** amusement
zerzausen dishevel
das **Zeug** stuff
ziehen, o, o draw
das **Ziel, -e** destination
zielen aim
das **Zimmer,** - room
die **Zimmerdecke, -n** ceiling of the
  room
der **Zimmerherr, -n, -en** renter
die **Zimmermitte, -n** middle of the
  room
die **Zimmermöbel** *(pl.)* furniture of
  the room
der **Zimmernachbar, -n** neighbor
die **Zinsen** *(pl.)* interest
zischen hiss
der **Zischlaut, -e** hissing sound
zittern tremble
zögern hesitate
zucken jerk, tremble, shrug
zu·drehen turn toward
zu·drücken push closed
zuerst first
zu·fallen, ie, a (ist) close
zufällig chance, by chance
die **Zufälligkeit, -en** coincidence
die **Zufriedenheit** contentment

zu·fügen do unto
der **Zug, ⸚e** train
der **Zuganschluß, ⸚sse** train
  connection
zu·geben, a, e admit
zu·gehen, ging zu, (ist) zugegangen
  walk toward. **es geht zu** things
  go on
die **Zugluft,** draft
zu·hören listen
die **Zukunft** future
zu·lächeln smile at
zu·laufen, ie, au (ist) run toward
zu·machen close
zumal especially since
zumindest at least
zunächst first of all, at first
zu·nicken nod toward
zupfen pluck
zu·reden urge
zurück·denken, dachte zurück, zu-
  rückgedacht think back
zurück·drehen turn back
zurück·fahren, u, a (ist) jump back
zurück·gleiten, i, i (ist) slide back
zurück·halten, ie, a hold back
zurück·kehren (ist) return
zurück·kriechen, o, o (ist) crawl back
zurück·laufen, ie, au (ist) run back
zurück·lassen, ie, a leave behind
zurück·legen set aside, cover (ground)
zurück·lehnen lean back
zurück·schaukeln (ist) rock back
zurück·schicken send back
zurück·schlagen, u, a throw back
zurück·schnappen snap back
zurück·sehen, a, e look back
zurück·stellen put back
zurück·stoßen, ie, o push back
zurück·treiben, ie, ie drive back
zurück·treten, a, e (ist) step back
zurück·wandern (ist) make one's
  way back
zurück·weichen, i, i (ist) yield steps
  backward
zurück·ziehen, o, o pull back. **s. —**
  withdraw
der **Zuruf, -e** cry
zu·rufen, ie, u call to
der **Zusammenbruch, ⸚e** collapse
zusammen·kehren sweep up
zusammen·packen pack
zusammen·rücken (ist) draw close
zusammen·stellen arrange
der **Zusammensturz, ⸚e** attack
zu·schlagen, u, a slam closed

zu·sehen, a, e   watch
die Zusprache, -n   persuasion
der Zustand, ⸚e   condition
zu·trauen   ascribe. s. viel —   expect
  much of oneself
zu·treffen, a, o   be correct
zuungunsten   to the disadvantage

die Zuversicht   confidence
zu·winken   beckon to
zwar   it's true, indeed
zweifellos   doubtless
zweifeln   doubt
zwingen, a, u   compel
zwischendurch   meanwhile
die Zwischenzeit, -en   meantime,
  intervening time